LE PRISONNIER DE L'ENTRE-DEUX-MONDES

HUGUES DOURIAUX

LE PRISONNIER DE L'ENTRE-DEUX-MONDES

LEGEND

FLEUVE NOIR

Collection dirigée
par Philippe HUPP

ISBN 2-265-05522-0
ISSN 0768-3014

CHAPITRE PREMIER

Avec une sourde inquiétude, Gahonne-la-Rouge laissa son regard errer sur la forêt. L'automne parait les frondaisons de couleurs somptueuses. Tout autour d'elle, ce n'était que flamboiement de roux, de pourpres, d'ors dont les nuances se confondaient, s'additionnaient pour former un tableau saisissant de beauté, de contraste, mais aussi de fragilité, et c'était bien là la cause de la mélancolie de la jeune femme. Gahonne savait que dans peu de jours ces couleurs se faneraient. La forêt défeuillerait, les arbres seraient nus et le terrible vent du nord se mettrait à souffler, annonciateur de l'hiver et des neiges. Alors la plaine s'engourdirait pour de longs mois. Les animaux se réfugieraient dans leurs tanières pour hiberner, les hommes établiraient leurs campements à l'orée de chaudes cavernes, le soleil n'effleurerait plus l'horizon que quelques heures par jour, et elle, elle mourrait, en compagnie de son enfant, si elle n'avait pas trouvé quelque refuge.

Gahonne-la-Rouge se laissa glisser de son cheval, décrocha le berceau où son fils Oïchi avait sagement attendu que sa mère fasse halte, défit les sangles qui avaient maintenu l'enfant et déposa ce dernier sur le sol. Le garçonnet se dressa en titubant, ankylosé par sa longue immobilité, et fit quelques pas, avant de prendre de l'assurance et de se mettre à courir dans l'herbe haute.

— Ne t'éloigne pas ! ordonna Gahonne. Il peut y avoir du danger !

Il y avait *toujours* du danger. Spécialement pour un petit garçon qui n'avait pas atteint sa deuxième année, à la curiosité toujours en éveil, et prompt à échapper aux regards de sa mère. Mais Oïchi avait appris à obéir et ralentit sa course, demeurant dans la clairière au milieu de laquelle Gahonne avait décidé d'établir son campement pour la nuit.

Pendant que l'enfant s'accroupissait devant une souche, sa mère s'affaira à décharger son bagage de la croupe de son petit cheval à la crinière hirsute. Gahonne-la-Rouge était une grande femme dont l'allure rappelait les fauves hantant cette interminable forêt. Vêtue d'un pagne et de jambières en peau de loup, pour le reste elle était nue. Ses cheveux couleur de flamme étaient retenus par un lacet. A sa hanche était accroché un poignard et, en bandoulière, elle portait un baudrier retenant une épée de bronze à large lame. Parmi les affaires qu'elle disposa sur le sol se trouvaient un puissant arc à double courbure, inusité dans ces régions, un carquois garni de longues flèches à pointe barbelée et deux solides épieux.

Gahonne-la-Rouge était très belle, avec un visage fin, aux pommettes hautes, mais un pli de dureté imprimait une constante moue sur ses lèvres pleines. Le regard de ses yeux gris-vert était froid, et ne s'adoucissait que lorsqu'il se posait sur Oïchi. Il reflétait alors l'éclat d'une douleur réprimée. Gahonne-la-Rouge portait le secret de son chagrin, mais peut-être ce chagrin était-il un soutien dans la vie difficile qui était la sienne. Sans ce chagrin, elle se serait laissé aller à la faiblesse, et serait morte. Et Oïchi avec elle... La vie au sein de la forêt ne tolérait pas la faiblesse.

Avec des gestes sobres, économes, Gahonne dressa une petite tente de peau, la tendant sur des branchages qu'elle coupait d'un seul coup d'épée. Puis elle ramassa du bois mort, des herbes sèches et alluma un feu à l'aide de son briquet de silex. Son cheval s'était mis à brouter et semblait paisible, mais la jeune femme l'entrava, près de son feu qui éloignerait d'éventuels prédateurs.

Gahonne ouvrit un sac et en tira de la viande séchée. S'accroupissant, elle entreprit de la réduire en miettes à l'aide du pommeau de son poignard. La mélangeant avec des céréales sauvages également broyées, elle en confectionna les galettes qui constitueraient son repas et celui d'Oïchi. L'enfant ne la tétait plus depuis longtemps et semblait profiter d'une nourriture solide. Mais ses mâchoires étaient encore un peu faibles pour le lard durci qui, seul, parvenait à se conserver durant plusieurs semaines.

Soucieuse, Gahonne considéra sa réserve de provisions. Les vivres s'amenuisaient dangereusement. Il devenait impératif, pour la jeune femme, de se mettre en chasse d'un gros gibier, renne, cerf ou élan, qui lui procurerait assez de viande et de graisse pour tenir durant l'hiver. Mais Gahonne répugnait à s'attarder. Si elle tuait une grosse proie, il lui faudrait plusieurs jours pour en fumer la viande. D'ici à ce qu'elle reparte, le froid serait arrivé. Et Gahonne ne voulait surtout pas hiberner au milieu de la forêt. Elle n'aurait que peu de chances de survivre, hors l'abri d'une caverne, même en bâtissant une hutte. Le blizzard autant que les loups viendraient à bout d'elle... Et d'Oïchi. Il fallait qu'elle trouve une région de collines où se réfugier. Rien ne lui indiquait qu'elle approchait d'une telle région...

Gahonne-la-Rouge soupira. Cela faisait de longs mois, une éternité, lui semblait-il, qu'elle avait entrepris son voyage. Un voyage insensé, mais qui représentait sa raison de vivre. Elle ne comprenait toujours pas comment elle avait fait pour s'égarer et s'aventurer en des contrées où nul, à sa connaissance, n'avait jamais poussé ses pas. Lorsqu'elle avait quitté son pays, marchant vers le soleil levant, le long de la rivière de l'Ours, elle était persuadée qu'elle atteindrait en quelques semaines les rivages de la Mer Intérieure et la civilisation. Ce voyage, elle l'avait déjà fait. Elle ne pouvait pas se tromper.

Et pourtant elle s'était trompée. Où? Sans doute lorsqu'elle avait dû abandonner le fleuve, qui obliquait vers le sud, et s'enfoncer dans les plaines. Peut-être avait-elle marché trop loin vers le septentrion... Les jours avaient passé sans qu'elle atteigne la mer. A sa perplexité, à ses interrogations, avaient succédé l'angoisse et le désespoir. A plusieurs reprises, Gahonne avait été tentée d'en finir avec une existence qui, depuis son jeune âge, l'avait continuellement meurtrie, chez les Latahïrs, sa tribu d'origine, ou ailleurs. Peut-être retrouverait-elle Barran, l'homme qu'elle aimait, le père d'Oïchi, dans l'Entre-deux Mondes...

Mais la présence d'Oïchi, précisément, la retenait d'accomplir un geste fatal. Son enfant représentait la vie, l'avenir. Il serait un Aramandar, comme elle... Elle n'avait pas le droit de le mettre en péril.

Il fallait qu'elle trouve un abri...

Un cri perçant d'Oïchi tira Gahonne-la-Rouge de ses pensées moroses. D'un bond, la jeune femme fut sur pied, son arc à la main, une flèche encochée. L'enfant se trouvait toujours devant sa souche et se roulait par terre. Une flambée de terreur mordit la poitrine de Gahonne. Était-ce un serpent...

Elle se précipita vers son fils, l'empoigna sans douceur, le souleva de terre... et cria à son tour, cruellement mordue par d'énormes fourmis noires. Elle recula en sautillant, chassant à grandes claques les insectes qui couraient sur le corps de son enfant. La souche grouillait de fourmis. Oïchi les avait dérangées et elles s'étaient lancées à l'assaut.

Le garçonnet poussait des cris hystériques. Gahonne le déshabilla pour le nettoyer. Sa peau se marbrait de rouge, là où les mandibules l'avaient piquée.

— Sales bêtes ! gronda Gahonne.

Elle jeta un regard plein de rancœur vers la fourmilière, regagna son camp. Son fils pleurait à longs sanglots. La jeune femme traversa la clairière. A l'orée du bois coulait un ruisseau. Elle s'agenouilla au bord de l'eau et entreprit de laver énergiquement l'enfant.

— Ça ne sera rien, dit-elle au bambin. Ça va juste te démanger quelque temps... Maman va te passer un peu d'onguent là où tu as mal...

Oïchi se calma enfin. Gahonne le prit contre elle, lui caressa la tête, l'embrassa. Oïchi était aussi roux qu'elle, mais la ressemblance s'arrêtait là. Elle retrouvait sur son visage les traits de Barran, son père, ses yeux, son sourire. Chaque fois qu'elle le regardait, Gahonne ressentait à la fois du bonheur et un atroce déchirement. Pourquoi Barran avait-il disparu ? Pourquoi s'en était-il allé hors de ce monde, là où nul ne pourrait jamais le retrouver ?

Nul... A l'exception d'elle-même, Gahonne-la-Rouge... Gahonne des Aramandars, celle qui possédait le secret de la Porte...

Oïchi s'était endormi, apaisé par la pommade dont sa mère l'avait enduit. Il reposait dans son berceau, tétant son pouce. Gahonne le contemplait, pensive. Elle se posait nombre de questions. Son fils avait-il hérité de ses pouvoirs ? Rien dans son comportement ne le laissait deviner. C'était un petit enfant, semblable à tous les petits enfants qu'elle avait connus, autrefois, chez les Latahïrs. Elle ne pouvait savoir s'il perpétuerait son œuvre, si tant est qu'elle accomplissait une œuvre quelconque. Et du reste était-elle encore la gardienne de la Porte[1] ? Depuis son combat contre l'esprit pervers qui avait failli anéantir la Loi des Univers, elle n'avait plus eu l'occasion de communiquer avec l'Insondable. Elle ne s'était plus trouvée en rapport avec les autres dimensions, n'avait plus eu recours à la magie. En fait, cette magie et tous ses prétendus pouvoirs lui répugnaient. Ils ne lui avaient apporté que chagrin, solitude. Ils lui avaient pris Barran.

Barran...

Gahonne se raccrochait désespérément à cet instinct qui, au fond d'elle, lui criait qu'il était toujours en vie. Mais cet instinct n'était-il pas une illusion ? Que Barran soit mort ou vivant, cela ne changeait rien au fait qu'il lui était inaccessible. Lorsque le monde de LYS-le-destructeur s'était abîmé

1. Cf. *Le dernier des Aramandars.*

dans le néant, Barran s'y était abîmé également. Gahonne finissait par douter qu'elle l'en arracherait jamais...

La jeune femme blottit son visage dans le creux de son coude et, pour la première fois depuis bien longtemps, se laissa aller à pleurer. Son caractère dur ne lui autorisait pas souvent ce genre de débordement, mais sa peine était si poignante.

Lorsque Gahonne s'éveilla, le soleil se levait à peine sur la forêt. Le feu brûlait toujours. Elle y jeta quelques branches. Un coup d'œil sur Oïchi lui montra que son fils était très rouge, avec de petites cloques sur les bras et le visage. Elle devrait lui mettre encore de la pommade. En attendant, elle se dirigea vers le ruisseau. Elle enleva son pagne et fit sa toilette, puis, retournant à son campement, elle fouilla dans son sac, à la recherche d'habits de rechange. Elle n'en avait plus beaucoup. Le long voyage avait usé pagnes, culottes et tuniques, jusqu'à les réduire à l'état de loques. Les pelisses de fourrure étaient en meilleur état, mais il faisait encore trop chaud pour qu'elle s'en habille. Avec un haussement d'épaule, Gahonne décida de résoudre le problème de la façon la plus simple. Dans ce pays désert, à quoi lui servait d'être pudique ? Sa peau était assez endurcie pour qu'elle ne craigne pas de demeurer nue. Avec un peu de chance, elle pourrait tuer un daim, et se fabriquerait d'autres vêtements.

Oïchi dormait toujours. Gahonne s'accroupit devant lui et mordit dans une galette de la veille. Ses soucis lui revenaient. Il était urgent de trouver un lieu où hiberner. Il fallait qu'elle sorte de cette forêt. Mais où devait-elle diriger ses pas ? La futaie était si dense, les arbres si élevés qu'elle ne voyait jamais à plus de quelques toises devant elle. Elle s'obstinait à marcher vers l'est, mais était-ce la bonne direction ? Ne se fourvoyait-elle pas un peu plus chaque jour ?

Elle avisa un chêne immense, de l'autre côté de la clairière. Son tronc gigantesque faisait de lui le roi de la forêt, et il élevait ses ramures plus haut que n'importe quel autre arbre. C'était peut-être le moyen de s'orienter. Elle regarda

Oïchi. Elle répugnait à abandonner son fils sans protection, même pour de brefs instants, mais, en l'occurrence, elle ne pouvait pas faire autrement.

— Veille sur lui, dit-elle à Chataham, en claquant sur la croupe de son cheval. S'il y a du danger, hennis !

Elle courut vers le chêne. Les maîtresses branches se trouvaient trop haut pour qu'elle les atteigne en sautant, mais elle s'aida d'un bouleau qui poussait tout près. Dès qu'elle les eut atteintes, son ascension fut plus aisée. Progressant avec précaution, elle atteignit la cime de l'arbre. Les branches étaient plus minces, certaines pliaient sous son poids. Elle émergea de l'épaisse ramure et découvrit un océan végétal, qui s'étendait, ininterrompu, jusqu'à l'horizon. Son cœur lui manqua. Il lui faudrait des semaines, des mois, pour traverser cette jungle ! Très loin en direction du nord, elle pouvait distinguer la masse bleutée des glaciers, où nul humain ne vivait. Mais ailleurs, vers le levant, comme vers le couchant ou en direction du sud, c'était la forêt, la forêt et encore la forêt.

— Par tous les dieux, non... gémit la jeune femme.

Pour la première fois, un réel découragement s'empara d'elle. Elle devait se résigner. Elle passerait l'hiver au cœur de cette immensité, seule, comme elle avait passé l'hiver précédent et... Elle ne savait plus. Son esprit s'embrumait d'angoisse et de peine...

Que faire ? Il était inutile de continuer ainsi. Il valait mieux qu'elle profite des derniers beaux jours pour bâtir une hutte, poser des pièges, chasser, pêcher, ramasser des baies, des faines, des racines. Dans moins d'une lune, il serait trop tard... Était-il écrit que son existence se déroulerait dans la solitude ?

Un hennissement retentit, strident, la tirant de ses pensées. Son sang se glaça et, un bref instant, elle demeura paralysée. Puis, poussant un cri, elle se laissa tomber à travers le fouillis des branches, sans prendre garde aux griffures qui marquèrent son corps nu ou aux risques de chute.

— Oïchi ! hurla-t-elle, Chataham ! J'arrive !

Un animal était sans doute survenu. Par tous les démons ! Il avait fallu que cela se produise maintenant, juste comme elle avait dû s'éloigner. Et cet arbre était si élevé, cette descente n'en finissait pas ! Gahonne volait de branche en branche, agile comme un écureuil, mais il lui semblait qu'elle était misérablement lente et maladroite, et qu'elle n'arriverait jamais en bas à temps. Chataham ne hennissait plus. Oïchi ne répondait pas à ses appels. La poitrine serrée, Gahonne guettait le rugissement d'un fauve, ou les hurlements de son fils. Elle parvint enfin aux branches du bas. Sans hésiter, elle se laissa tomber sur le sol, joignant les jambes, au risque de se les briser. Elle roula dans l'herbe, si rudement qu'elle en eut le souffle coupé. Mais elle se releva d'un bond et courut vers son campement.

— Oïchi ! appela-t-elle. Chataham !

Elle n'avait pas traversé la moitié de la clairière qu'elle s'était rendu compte que son fils et son cheval avaient disparu !

Gahonne tomba à genoux près du berceau vide. Elle avait du mal à respirer, tout son corps n'était que terreur, mais elle ne cria pas, n'invoqua pas les dieux, ne pleura pas. Au contraire, elle se pencha pour examiner la couche de son fils. Il n'y avait pas la moindre goutte de sang, et les couvertures n'étaient pas lacérées. Blême, mais les traits impassibles, la jeune femme se redressa. Ses armes étaient toujours là, où elle les avait rangées. Ses bagages, par contre, avaient disparu, et la sangle avec laquelle elle avait attaché Chataham était tranchée net.

Le visage de Gahonne devint effrayant de dureté. Ce n'était pas un animal qui avait emporté son enfant, mais un être humain. Un ou plusieurs... *On* avait profité de ce qu'elle était perchée sur son arbre pour commettre le rapt. A coup sûr *on* l'avait épiée, *on* avait attendu le bon moment et *on* avait agi avec rapidité, en silence. Si Chataham n'avait pas henni, sans doute à l'instant où *on* l'emmenait, elle aurait pu demeurer longtemps en haut de son chêne, à contempler la forêt, sans se douter de rien !

Le cœur de Gahonne battait à se rompre, mais la jeune femme ne céda pas à la panique. Il lui avait fallu plusieurs minutes pour descendre du chêne, mais les ravisseurs d'Oïchi ne pouvaient être loin. Et ils lui avaient laissé ses armes, à défaut de ses vêtements ! Les mains tremblantes, elle ceignit son baudrier, passa son arc en bandoulière, accrocha son carquois à son épaule, empoigna ses épieux. Puis, avec méthode, elle entreprit d'examiner le sol.

Elle était habile chasseresse, et il ne lui fallut pas longtemps pour découvrir des traces de pas. L'herbe était couchée par endroits, des petits cailloux retournés, des branchettes froissées. Elle pinça les lèvres. Ceux qui avaient osé porter la main sur son enfant allaient connaître le poids de sa colère !

D'une foulée longue et souple, nue comme la déesse de la forêt, Gahonne se lança sur la piste de ses ennemis !

Gahonne courut ainsi pendant une bonne heure, sans quitter des yeux les traces que les ravisseurs d'Oïchi avaient laissées dans la futaie. Ils ne semblaient prendre aucune précaution. Un enfant aurait réussi à les pister. Une ardeur vengeresse brûlait le cœur de la jeune femme. Elle-même courait sans bruit, bondissant par-dessus les troncs d'arbres abattus, se baissant pour se glisser sous des branches basses, évitant d'une flexion du torse des rameaux épineux. Elle était portée par un sentiment qu'elle n'avait plus connu depuis la disparition de Barran : la rage ! Oïchi était tout pour elle. Sa vie lui importait plus que toute autre chose. En cet instant, elle réalisait qu'elle avait reporté sur son fils tout l'amour qu'elle avait éprouvé pour Barran. Si Oïchi lui était arraché, elle n'aurait plus qu'à se laisser mourir !

Elle atteignit le sommet d'un raidillon couronné par d'épais buissons, s'arrêta pour reprendre son souffle. La forêt était toujours aussi dense. Elle écouta, respirant par la bouche pour faire le moins de bruit possible. Il lui sembla, dans le lointain, entendre l'écho assourdi d'un hennissement. Ses mâchoires se contractèrent et, d'un mouvement coulé, elle saisit son arc et une flèche. Puis elle se remit à courir, dévalant la pente couverte de fougères.

Alors qu'elle arrivait au bas du talus, elle nota un certain éclaircissement à travers la forêt. Elle accéléra l'allure. Légère comme une biche, elle s'enleva d'un bond au-dessus d'une souche...

Elle n'eut que le temps de se raccrocher à un arbre qui poussait, oblique, au-dessus du vide. Elle étouffa un cri. Une falaise abrupte s'ouvrait devant ses pieds, où elle avait failli choir. Au bas de cette falaise coulait une rivière. Dans un coude de cette rivière, sur une petite plage, un groupe de guerriers s'apprêtaient à embarquer à bord de trois pirogues. Un de ces guerriers maintenait Oïchi, un autre levait son épieu en direction de Chataham, qui hennissait et se cabrait, tentant d'échapper à ses ravisseurs.

En un éclair, Gahonne comprit qu'elle n'aurait pas le temps de chercher le passage que les pillards avaient nécessairement emprunté pour descendre l'à-pic. Ces maudits allaient emporter son enfant et tuer son cheval. Elle banda son arc et poussa un long hurlement. Son cri résonna dans le défilé, surmontant le grondement du cours d'eau. Tous les visages se tournèrent vers elle. Elle lâcha sa corde. Tirée avec un arc ordinaire, sa flèche n'aurait pu atteindre sa cible, en limite de portée. Mais Gahonne utilisait une arme infiniment puissante, venue du monde de Barran. Son trait vrilla l'air et se planta dans la poitrine du guerrier qui s'apprêtait à abattre Chataham — Gahonne n'avait pas osé viser celui qui maintenait Oïchi, de peur de blesser son fils. L'homme s'effondra en arrière. Chataham se cabra une nouvelle fois, frappant de ses sabots un autre pillard, qui s'écarta vivement. Le petit cheval rua et s'éloigna au galop, s'enfonçant dans la forêt.

Gahonne avait déjà encoché une seconde flèche. Elle tira et un deuxième pillard s'écroula. Alors les autres bondirent vers leurs pirogues et embarquèrent. Des pagaies plongèrent dans le flot. Avec un rugissement de désespoir, Gahonne banda une troisième fois son arme, décocha une dernière flèche. Un des guerriers, qui s'efforçait de pousser la troisième pirogue dans la rivière, reçut le trait dans le mollet. Il lâcha prise. Un de ses congénères tenta de le saisir par la main, mais l'embarcation, prise par le courant, s'éloignait déjà. Le blessé clopina un instant à la suite de la pirogue, appelant à tue-tête, faisant de grands gestes. Puis il se retourna.

— Toi, siffla Gahonne, tu vas payer pour tes frères !

CHAPITRE II

Il ne fallut pas longtemps à Gahonne pour découvrir le passage, un raidillon abrupt tracé à flanc de falaise. La jeune femme le descendit sans se soucier de prudence, toute à son angoisse et à sa colère. Mais, lorsqu'elle se retrouva au bas de l'à-pic, elle freina ses ardeurs et, se dissimulant derrière un gros rocher, elle inspecta longuement la petite plage qui s'ouvrait devant elle. Son adversaire était blessé, mais pas nécessairement sans défense.

La plage était déserte. La jeune femme en déduisit que le pillard s'était caché, pendant qu'elle descendait au bas de la falaise. Elle se mordilla les lèvres. Il n'avait pu aller loin, avec sa blessure. Où se trouvait-il ? Les abords de la plage étaient couverts par d'épaisses broussailles. Juste derrière la falaise s'élevait, infranchissable. Le seul passage, c'était celui qu'elle avait emprunté. Donc le blessé ne pouvait se trouver qu'au milieu des buissons. Gahonne hésita. Si elle se risquait à découvert, pour peu que l'homme ait un arc, ou même une simple sagaie, elle était morte ! Un souffle de vent fit voler ses cheveux roux. Elle leva la tête, et un sourire étira ses lèvres. Elle arracha des feuilles d'un arbuste au pied duquel elle s'était agenouillée. Il n'avait pas plu depuis très longtemps. Les feuilles étaient sèches. Elle en fit un chiffon qu'elle noua autour de la pointe d'une de ses flèches. Puis elle se dressa à demi.

— Qui que tu sois, écoute-moi ! cria-t-elle, utilisant l'universel langage des plaines, sabir fait des parlers de toutes les tribus qu'elle connaissait. Je sais que tu es là ! Si tu ne sors pas de ta cachette, je vais tirer des flèches enflammées et tu grilleras dans ton trou !

Seul le grondement de la rivière fit écho à ses paroles. Gahonne battit son briquet et enflamma les herbes au bout de sa flèche.

— C'est mon fils, que vous avez enlevé ! reprit-elle. Aussi n'attends de moi aucune pitié !

Elle banda son arc et lâcha sa flèche en une courte trajectoire. Le trait siffla, remorquant un panache de fumée, et s'enfonça dans les broussailles. Déterminée, Gahonne fabriqua une seconde flèche enflammée, la tira également, puis une troisième et une quatrième. Lorsqu'elle reposa son arc, quatre foyers s'étaient déclarés et des flammes claires dévoraient les buissons.

— Rends-toi ! cria la jeune femme. Ou tu rôtiras sur cette terre avant d'aller rôtir en enfer !

Elle dégaina son épée, l'assura entre ses poings. Il y avait longtemps qu'elle n'avait plus eu l'occasion de manier ce genre d'arme. Mais elle n'avait pas oublié les leçons de sa jeunesse.

Elle attendit un instant. L'incendie prenait de l'ampleur. Elle redouta que son ennemi se laisse brûler vif plutôt que de l'affronter. Mais un craquement de branche retentit soudain sur sa droite. Elle se tourna vivement, aperçut une silhouette qui fondait sur elle, brandissant quelque chose. Elle se détendit comme un serpent, levant son épée. Avec un cri, son adversaire abattit une hache massive. Elle para le coup et riposta. Sa lame claqua contre le torse du pillard, mais sans pénétrer la chair, et Gahonne devina que l'homme portait une cotte de mailles. Elle entrevit l'éclat d'un regard brûlant sous le rebord d'un casque. Elle donna un violent coup de pied à son ennemi, qui partit à la renverse. Elle leva de nouveau son épée, frappa de la pointe. Un cri lui apprit que, cette fois, elle avait pu percer la cuirasse adverse. Le pillard voulut se relever. Gahonne frappa une troisième fois, du plat de la lame sur le dessus du casque. Il ne fallait pas qu'elle tue son ennemi... Pas tout de suite !

Le pillard poussa un gémissement étouffé. Gahonne fit tournoyer son épée entre ses mains, la saisissant à l'envers, lame en arrière, et, de toutes ses forces, frappa du massif pommeau de bronze, à la pointe de la mâchoire. Le coup sonna clair et le brigand s'écroula enfin, assommé pour le compte.

Gahonne abaissa son arme, le souffle court, et contempla son ennemi à terre. Sa flèche dardait toujours de la jambe ensanglantée. Il avait fallu une rude dose de volonté à ce brigand pour l'attaquer avec une pareille blessure !

Gahonne rengaina et, se penchant, saisit le casque par son rebord. Elle l'arracha d'un geste sec, découvrant le visage du pillard. Ses yeux s'arrondirent d'étonnement.

Son adversaire vaincu était une femme !

Un instant, Gahonne dévisagea l'inconnue. Elle était très jeune : ses traits immobiles n'étaient pas dépourvus des rondeurs de l'adolescence. Jamais Gahonne n'avait vu de type humain tel que celui de cette créature. Elle avait la peau cuivrée, le nez droit et fin, le front et les pommettes larges et bombés, la bouche finement ourlée. La fille était plutôt jolie, mais, chose surprenante, elle avait les joues marbrées de tatouages bistres en forme de croissants de lune, et le crâne rasé, à l'exception d'une longue mèche de cheveux noirs, nattés en haut du front.

Gahonne émit un petit grognement perplexe, mais, à vrai dire, peu lui importaient les caractéristiques tribales de cette fille. Elle se détourna et, à l'aide de son poignard, tailla quatre branches d'arbre, qu'elle alla enfoncer dans le gravier de la plage, au bord de la rivière. Elle jeta un regard en direction des flammes, qui dévoraient les broussailles. Un lourd panache de fumée masquait le paysage, mais l'incendie faiblissait déjà. Elle revint vers sa victime toujours inconsciente, la saisit par les épaules et la traîna entre les piquets. Elle la souleva pour lui retirer sa cotte de mailles. En dessous, la fille portait une tunique maculée de sang.

Gahonne la lui enleva également, ainsi que son pagne et ses bottes. Nue, la fille lui sembla encore plus jeunette. Ses seins étaient minuscules et son ventre presque glabre. Gahonne examina la blessure au flanc qu'elle avait infligée à sa victime. Cotte de mailles et tunique avaient amorti le coup d'épée, mais la longue larde saignait abondamment.

Gahonne tailla les vêtements de la guerrière en lanières, dont elle se servit pour attacher les poignets et les chevilles de la fille aux quatre piquets. Puis elle recula d'un pas et contempla sa prisonnière d'un regard froid.

La blessée gémissait, signe qu'elle reprenait conscience. Gahonne lui tourna le dos, alla examiner ses deux autres victimes. Elles étaient mortes. Elle leur retira leurs casques. C'était également des femmes tatouées et rasées, du même type physique que l'adolescente, mais nettement plus âgées. Elle inspecta leurs armes, des haches de bronze de facture assez rudimentaire, mais sans nul doute fort meurtrières. Les cottes de mailles lui rappelèrent celles qu'elle avait vues à Satmoor, en moins élaborées. Les poignards ressemblaient au sien.

Un petit cri fit se retourner Gahonne. Sa prisonnière s'agitait, tirant sur ses liens et dardant vers elle un regard empli de crainte.

Gahonne s'approcha de la fille. Elle devinait que son allure devait la désorienter. Il y avait de quoi ! Elle était complètement nue, armée jusqu'aux dents, la peau claire, les cheveux rouges, sans aucun tatouage... Elle s'accroupit entre les cuisses écartelées de la jeune fille, posa ses avant-bras sur ses genoux et demeura silencieuse, se contentant de la fixer d'un regard minéral.

La guerrière tenta de lui rendre son regard, défi pour défi, mais ne put tenir longtemps. Elle se mit tout à coup à crier, se tordant si violemment dans ses liens que le sang se remit à couler de ses blessures. Sa voix était rauque, son parler guttural, coupé de gémissements de souffrance. Enfin, sa tête retomba en arrière sur un dernier cri. Gahonne se pencha. La fille respirait vite. Ses petits seins pointus se soulevaient à un rythme accéléré.

— Écoute-moi, dit la jeune femme, je me nomme Gahonne-la-Rouge et ne suis l'ennemie de personne. Je suis une voyageuse qui suit son étoile. Mais tes sœurs ont enlevé mon fils... Les dieux me sont témoins que je ne veux faire du mal à qui que ce soit. Mais ils me sont également témoins que si tu ne réponds pas à mes questions, je t'infligerai des tourments tels que tu regretteras chaque minute de ton existence... Est-ce que tu me comprends ?

La fille releva la tête et la fixa, muette. Mais dans son regard, Gahonne lut qu'elle avait compris. Elle saisit la hampe de sa flèche, qui pointait à travers le mollet de la fille, tira dessus. Sa prisonnière poussa un long cri. Gahonne sentit tout son corps se baigner d'une sueur glacée, mais, sans faiblir, maintint sa torsion pendant de longs instants. Enfin, elle retira sa main. La fille, qui s'était tétanisée, s'amollit, sanglotante.

— Qui es-tu ? demanda Gahonne.

— U... Utta, répondit la guerrière.

— Quelle est ta tribu ?

— Les... Arfalisses !

Gahonne ignorait tout d'un peuple qui eût porté ce nom. Mais elle venait de si loin ! Comment aurait-elle pu connaître toutes les tribus des plaines ?

— Pourquoi avez-vous enlevé mon fils ?

Cette fois, Utta ne répondit pas. Le visage de Gahonne se durcit. La jeune femme se releva et dégaina son épée. Utta roula des yeux épouvantés.

— Regarde ! cracha Gahonne. Regarde bien !

Elle s'approcha d'un des deux corps qui gisaient sur la plage. Elle leva son arme et, de deux coups bien assenés, décapita le cadavre. Elle saisit la tête tranchée par sa natte, revint vers sa prisonnière et, grimaçant un sourire sinistre, lui déposa l'ignoble trophée sur le ventre. La fille eut un sursaut d'horreur. Dans ses yeux brilla une lueur de folie.

— C'était peut-être ta sœur, reprit Gahonne. Ou ton amie... Vois sa tête ! Je l'accrocherai à ma ceinture, comme j'y accrocherai la tienne, lorsque tu auras rendu ton dernier soupir... Mais ce dernier soupir sera infiniment long à venir... Alors... Choisis-tu de parler ou de te taire, Utta des Arfalisses ?

Utta se tordait dans ses liens, essayait de rejeter la tête tranchée, dont le sang coulait sur son abdomen. Mais Gahonne maintenait le trophée en place.

— Je... je te dirai tout ce que tu voudras ! hurla enfin la prisonnière, à bout de résistance. Mais enlève ça de mon corps !

Gahonne retira la tête, la posa sur le sol.

— Pourquoi avez-vous enlevé mon fils ? répéta-t-elle.

— A... à cause de la prophétie !

Gahonne ouvrit des yeux ronds.

— La prophétie ? Quelle prophétie ?

— Celle qui dit... qu'un enfant viendra... accompagné d'une femme rouge et... qu'il pénétrera dans le sanctuaire... pour... pour délivrer le peuple des Arfalisses !

Gahonne n'y comprenait rien. Qu'est-ce qu'Oïchi pouvait avoir à faire avec une prophétie ?

— Délivrer le peuple des Arfalisses ! Mais de quoi ?

La fille tremblait. Gahonne tendit la main vers la tête coupée. Utta reprit, précipitamment :

— Nous délivrer de l'Amshafahr !

— L'Amshafahr ? Qui est l'Amshafahr ?

— Un... un démon ! Il vit dans... dans le sanctuaire. Il... n'en sort que... pour terroriser mon peuple. C'est lui... qui sépare les hommes des femmes ! Il exige que les plus belles vierges lui soient... sacrifiées. Il... il fait des hommes ses esclaves.

— Mais qu'est-ce que mon fils a à voir là-dedans ?

— Nous menions une expédition de chasse... lorsque nous t'avons repérée... Amlah, notre chef... a dit que ton enfant était celui dont parlait la prophétie. Alors nous te l'avons pris... Mais à toi, nous ne voulions aucun mal. Nous t'avons laissé tes armes... Nous aurions laissé tes bagages au bord de la rivière... Mais maintenant...

Utta se mit à sangloter. Gahonne l'observait, songeuse.

Lui disait-elle la vérité ? Il y avait dans sa voix des accents sincères. Cette fillette était trop terrifiée pour inventer une fable.

Gahonne se redressa, dégaina son poignard. Utta haleta d'épouvante. D'un geste brusque, elle lui trancha ses liens.

— Ne bouge pas, dit alors Gahonne. Je vais retirer cette flèche de ton mollet. Tu vas avoir mal, mais c'est la seule chose à faire si tu veux conserver ta jambe !

Utta roulait des yeux incrédules.

— Tu... tu ne me tues pas ? balbutia-t-elle.

Gahonne la regarda bien en face.

— Je t'ai dit que je ne suis l'ennemie de personne... Je t'épargne, mais tu vas m'aider à retrouver mon fils !

Utta ne répliqua pas. Gahonne brisa la hampe de la flèche au ras de la chair de la jeune fille, fouilla dans la plaie à l'aide de la pointe de son arme, extirpa le fer. Lorsqu'elle eut fini, ses mains étaient rouges de sang. Utta n'avait pas poussé un seul gémissement, mais son visage était d'une pâleur mortelle.

— Si vous ne m'aviez pas volé mes bagages, grommela Gahonne, j'aurais pu apposer un baume sur tes plaies. Il faudra que tu te contentes de bandages !

Elle utilisa pour cela les liens qu'elle avait fabriqués. Utta se laissait soigner passivement. Quand Gahonne se releva, elle dit cependant :

— Je... je te remercie de m'avoir soignée. Je... je regrette ce qui s'est passé. Mais tu dois savoir... que jamais les Arfalisses ne te rendront ton fils.

— On verra ça ! répliqua sèchement Gahonne. Je suis une Aramandar. Je possède des pouvoirs magiques dont tu ignores l'étendue !

— Ils ne te sauveront pas. Tu a tué deux des nôtres. La loi de mon peuple exige le sang pour le sang. Mes sœurs te crucifieront si elles s'emparent de toi !

Gahonne ne daigna pas répondre. Elle retourna auprès des corps des deux guerrières abattues. L'une d'elles était de sa corpulence. Elle la dépouilla de sa cotte de mailles, mais ne toucha pas à ses vêtements de dessous, imbibés de sang. Elle enfila la cotte à même sa peau. Utta la regardait faire, silencieuse.

— Où se trouve ton village ?

— A dix jours de marche, sur les bords du lac Ashkial.

— Tu me montreras le chemin.

— C'est impossible ! Je ne peux pas marcher !

Gahonne allait répliquer qu'elle l'y forcerait bien, quitte à la faire avancer l'épée dans les reins, lorsqu'un ébrouement lui fit tourner la tête. C'était Chataham qui s'approchait prudemment, à présent que l'incendie de broussailles était éteint, ayant senti l'odeur de sa maîtresse. A la vue de son cheval, la gorge de Gahonne se noua. Elle l'appela, d'une voix quelque peu chevrotante, et l'animal accourut au trot. Gahonne le saisit à l'encolure et se mit à pleurer, son visage enfoui dans la rude crinière.

— Toi... Oh, si je ne t'avais plus ! murmura la jeune femme.

Elle se détourna, honteuse qu'Utta ait été le témoin de sa faiblesse. Toujours allongée sur le sol, l'Arfalisse la considérait fixement.

— Allez ! Remets tes vêtements, gronda Gahonne, rageuse. Nous allons partir !

Muette, Utta attrapa sa cotte et l'enfila, comme Gahonne, sans rien dessous. Lorsqu'elle tendit sa main vers sa hache, la voyageuse l'arrêta.

— Pas question ! si tu fais mine de vouloir ramasser ne serait-ce qu'un caillou, je te plante mon épée en travers du corps !

Ses yeux flamboyèrent.

— Je ne souhaite pas nuire à ta tribu ! Mais je te jure, Utta des Arfalisses, que si elle ne me rend pas mon fils, je lui ferai une guerre comme elle n'imagine même pas ! J'userai de magie et je l'anéantirai !

Utta avala sa salive, visiblement impressionnée. Gahonne lui tendit la main et l'aida à se mettre debout. Puis elle la soutint pendant qu'elle se hissait sur le dos de Chataham. Le cheval piaffait, énervé par l'odeur du sang et de la fumée.

— Et mes sœurs ? demanda Utta en montrant les deux cadavres.

Gahonne haussa les épaules.

— Les charognards se chargeront d'elles. Je ne leur avais pas demandé de me provoquer !

Matée, la jeune fille baissa la tête. Gahonne saisit Chataham par son bridon et, à travers les broussailles encore chaudes, se dirigea vers le raidillon à flanc de falaise.

L'escalade de la corniche ne fut pas facile et Gahonne soupira de soulagement lorsqu'elles se retrouvèrent en haut de l'à-pic.

— Existe-t-il une route menant à ton village ? demanda-t-elle à Utta.

— Non, répondit l'Arfalisse. Pour nous déplacer, nous utilisons les cours d'eau. Nous sommes un peuple de rivière. La forêt n'est pas notre domaine.

Il y avait de l'appréhension dans sa voix. Elle regardait le sous-bois touffu avec une anxiété évidente.

— Eh bien il ne nous reste plus qu'à suivre ce torrent, je suppose...

Utta acquiesça. Gahonne entreprit donc de suivre le rebord de la falaise, dégainant son épée pour se frayer un chemin à travers les fourrés.

Durant une bonne heure, la jeune femme se demanda si elle ne s'attaquait pas à une tâche impossible. La forêt était plus épaisse qu'elle ne l'avait jamais vue depuis qu'elle avait quitté sa caverne. Elle ahanait, abattant son épée sur les ramures qui lui barraient la route, tirant son cheval derrière elle. Sa volonté lui donnait une énergie farouche.

— Mon fils est tout ce qui me reste en ce monde, dit-elle soudain, alors qu'elle s'interrompait pour reprendre haleine. Son père a disparu quand je le portais encore en moi. Si je le perdais aussi, il ne me resterait plus qu'à me laisser mourir !

Utta la regardait sans rien dire.

— Je traverserai mille forêts, franchirai dix mille précipices, affronterai cent mille dragons pour Oïchi... Tu parleras à tes sœurs. Tu leur diras tout ce que je te dis en ce moment. Ensuite elles choisiront entre vivre ou périr!

Utta baissa les yeux. Avec rage, Gahonne abattit son épée sur un taillis épineux, comme si elle voulait pourfendre le mauvais sort qui s'acharnait sur elle.

Enfin le terrain s'abaissa, la forêt se fit moins épaisse, et Gahonne put rejoindre la rivière. S'agenouillant au bord de l'eau, elle but longuement. Elle était en nage, sous sa cotte de mailles.

— Tu as soif? demanda-t-elle à Utta.

L'Arfalisse acquiesça. Gahonne lui apporta à boire, dans ses mains. Lorsque les lèvres de sa prisonnière effleurèrent ses paumes, elle éprouva un sentiment étrange, presque maternel. Le manque d'Oïchi, sans doute...

— Est-ce que tu as mal?

A nouveau, Utta hocha la tête.

— J'essaierai de trouver des plantes dont la décoction calmera la douleur... Mais j'ignore tout des essences de cette forêt. Tu devras peut-être te montrer patiente.

Elle reprit Chataham par la bride et elles se remirent en route.

— Je parlerai à mes sœurs, dit tout à coup Utta, derrière elle. Je leur dirai que nous avons commis une erreur en enlevant ton fils... Je leur dirai que tu les hais et que tu veux les tuer! Mais c'est toi qui mourras, et ton fils accomplira son destin, quoi que tu en dises!

Gahonne ne tourna pas la tête.

— On verra ça... se contenta-t-elle de marmonner.

Durant une bonne partie du jour, les voyageuses progressèrent le long de la rivière. Le terrain était heureusement plus facile, avec une forêt composée principalement de hauts arbres séparés par un sous-bois dégagé. De petites plages couraient au bord du cours d'eau et, à l'aide de son épieu, après de nombreuses tentatives, Gahonne parvint à pêcher un gros saumon, qu'au soir elle mit à cuire.

— Je n'ai jamais vu quelqu'un s'y prendre aussi mal pour pêcher, dit Utta, méprisante.

Gahonne ne voulut pas relever. Elle avait déterré quelques racines, qu'elle broya afin d'en faire une infusion.

— Bois ça, dit-elle à Utta. Ça soulagera la douleur.

La jeune Arfalisse avait en effet beaucoup souffert tout au long de cette journée. Maussade, elle but la potion et se laissa aller contre une souche.

— Je vais examiner tes blessures, lui dit Gahonne en défaisant ses pansements. Enlève ta cotte !

Utta obéit. Les plaies apparurent gonflées, mais non envenimées. Gahonne les lava et les pansa à nouveau. Utta surveillait chacun de ses gestes.

— Pourquoi me soignes-tu ? lui demanda-t-elle alors que Gahonne se redressait, son travail achevé.

— Je ne veux pas que tu meures. Je veux que tu vives pour parler à tes sœurs.

— Ça ne servira à rien. Elles te tueront !

Gahonne dévisagea sa prisonnière, impassible.

— Il faut bien mourir un jour, et que m'importe de vivre, sans mon fils... Mais sache qu'à l'instant où tes sœurs lèveront la main sur moi, mon épée te tranchera la tête !

Utta ne put réprimer un frisson, et loucha vers la lame de bronze accrochée au baudrier de son interlocutrice.

Sans rien ajouter, tandis qu'Utta se rhabillait, Gahonne partagea le poisson grillé. Elle tendit sa part à la jeune Arfalisse. Les deux femmes mangèrent en silence, crachant les arêtes dans le feu grondant.

— Parle-moi de l'Amshafahr, dit tout à coup Gahonne. Qui est-il ?

Utta ne répondit pas tout de suite. Elle jeta un regard craintif autour d'elle. Au-delà du cercle de lumière du foyer, la forêt se peuplait d'ombres impénétrables.

— C'est un démon cruel, dit-elle enfin. Il vit dans un sanctuaire et n'en sort que pour terroriser mon peuple !

— L'as-tu déjà vu ?

— Grands dieux non ! Et j'espère ne jamais le voir ! Aucune de celles qui l'ont vu n'en est revenue vivante !

— A-t-on une idée de ce à quoi il ressemble ?

— On dit que c'est une créature immonde et repoussante, plus brutale que l'ouragan, et qui se nourrit de chair humaine !

— C'est lui qui ordonne que les femmes et les hommes de ta race vivent séparés ?

— Oui. C'est la première des lois qu'il nous a imposées !

— Quelle est la raison de cette loi ?

— Je l'ignore. Il en est ainsi depuis des temps immémoriaux.

— Si vous vivez séparés, comment faites-vous pour vous reproduire ?

Pour la première fois depuis qu'elle l'avait rencontrée, Gahonne put discerner une ombre de sourire sur le visage d'Utta.

— Lorsque l'Amshafahr l'autorise, le clan des femmes et celui des hommes se rencontrent. La cérémonie dure une lune. Notre chaman et celui des hommes désignent les sœurs et les frères qui auront le droit de procréer... Mais les autres en profitent aussi. Ainsi peuvent naître nos enfants.

— Ensuite ?

— Jusqu'à l'âge de cinq ans, les garçons restent auprès de leurs mères. Ensuite ils sont confiés au clan des hommes. Seules les filles demeurent parmi nous. Elles deviennent des guerrières !

Il y avait de l'orgueil dans la voix de la jeune fille. Gahonne écoutait. Son visage ne reflétait pas son étonnement réel devant ces mœurs étranges.

— Tu as déjà eu des enfants ? demanda-t-elle.

Utta secoua la tête.

— Non ! Et je n'ai jamais connu le mâle !

Elle rougit et baissa le nez, apparemment confuse de s'être ainsi confiée.

— Comment vivez-vous, quand vous n'êtes pas en compagnie de vos hommes ? demanda encore Gahonne.

Utta darda sur la jeune femme un regard un peu ambigu.

— Nous savons nous satisfaire entre nous et j'imagine que les hommes en font autant entre eux !

Gahonne haussa les épaules.

— Vos coutumes vous appartiennent. Mais je ne crois pas que vous soyez aussi satisfaits que cela, puisque vous croyez en une prophétie qui prétend vous affranchir de la tyrannie de l'Amshafahr.

— Nous souhaitons pouvoir vivre libres et j'espère avoir un jour des enfants, mais je préférerai toujours la douceur d'une femme à la brutalité d'un homme ! Lors des cérémonies d'union, j'ai vu la... la bestialité des mâles, leur avidité à copuler grossièrement... Quelle horreur !

La jeune fille semblait si scandalisée que Gahonne ne put se retenir de rire. Utta la dévisagea, renfrognée. Gahonne se leva pour jeter une branche dans le feu.

— Il est temps de dormir, grommela-t-elle. Je ne t'attache pas. Tu peux essayer de t'enfuir, mais avec tes blessures, et sans armes, tu n'irais pas loin. Par contre, ne tente aucune traîtrise. Je ne dors que d'un œil, et tu t'en repentirais... Tu me comprends ?

CHAPITRE III

Au matin, Utta ne s'était pas enfuie. Gahonne s'éveilla et la vit qui dormait, roulée en boule tout près des braises rougeoyantes. Elle se leva, entra dans la rivière, s'accroupit pour sacrifier à la nature, fit un brin de toilette. Puis elle revint et poussa du pied sa prisonnière immobile.

— Debout !

Utta ouvrit les yeux, bâilla, tenta de se redresser et étouffa un petit cri de douleur.

— Tu es ankylosée, expliqua Gahonne. Ça ira mieux dans un moment. Enlève cette cotte et va te laver !

Utta obéit.

— Pourquoi avez-vous le visage tatoué ? demanda Gahonne.

— Pour indiquer notre clan, notre famille, notre nom, notre rang au sein de la tribu.

— Et pourquoi avez-vous le crâne rasé ?

— Pour marquer notre pureté. Lorsque nous mourons au combat, la Déesse vient nous saisir par notre natte et nous emmène en son sein...

Le regard de la jeune Arfalisse se durcit.

— Ma sœur Lellith errera à jamais dans les limbes, puisque tu as séparé sa tête de son corps... Pour cela aussi tu paieras, Gahonne-la-Rouge !

C'était la première fois qu'Utta l'appelait par son nom. Gahonne haussa les épaules.

— J'ignorais tout de vos croyances et, une fois de plus, ce n'est pas moi qui vous ai provoquées... Assez bavardé, à présent. Il est temps de nous remettre en route !

Utta grommela quelque chose d'inintelligible en renfilant sa cotte. Puis, sans rien ajouter, elle défit elle-même les entraves de Chataham.

***

Durant trois jours, Gahonne et sa prisonnière longèrent la rivière, sans que rien ne vienne briser la monotonie de leur voyage. Les deux femmes se parlaient à peine, et pourtant Gahonne ressentait une obscure satisfaction de la présence de la jeune Arfalisse à ses côtés. Elle mesurait à quel point, depuis deux années, sa solitude lui avait pesé. Même son fils n'avait pu la combler.

La forêt était giboyeuse et les flèches infaillibles de Gahonne assuraient le ravitaillement. Mais un matin, Utta s'avança dans l'eau, se pencha, malgré sa jambe encore douloureuse et, avec une facilité stupéfiante, fit voler sur la berge quatre magnifiques truites.

— C'est comme ça qu'on pêche ! dit-elle d'un air supérieur. A la main !

— Bravo ! apprécia Gahonne. Tu es effectivement très habile.

— Je suis la meilleure de toute ma tribu. Mon totem est la truite !

— Le mien est le renard rouge.

— Je l'aurais deviné !

Utta sortit de l'eau et, geste imprévu, caressa une mèche des cheveux de Gahonne.

— Mais tes cheveux à toi sont bouclés...

Gahonne soupira et, sans l'avoir voulu, murmura :

— Un jour, j'ai pris au piège un renard rouge. J'ai compris alors que les jours de bonheur étaient finis pour moi[1]. Avec mon compagnon, nous avons entrepris un long

1. Cf. *Le dernier des Aramandars.*

voyage. Nous avons lutté contre un ennemi implacable. Nous l'avons vaincu. Mais Barran a disparu... Mon fils est né. J'ai entrepris un autre voyage. A présent, c'est Oïchi qui a disparu... Je suis maudite !

Une grosse boule monta dans la gorge de la jeune femme et, d'un seul coup, se libéra. Stupéfaite, Gahonne s'entendit éclater en sanglots. Elle se mit à pleurer, comme elle n'avait plus fait depuis sa petite enfance. Tous ses chagrins débordaient à la surface de son âme. Les brimades subies chez les Latahïrs, son amour brisé, le viol qu'elle avait enduré, ses combats face aux Alahmrs, aux androïdes... Brusquement, elle n'en pouvait plus. Comme la corde trop longtemps tendue d'un arc, elle se brisait. Elle s'effondra à genoux aux pieds d'Utta, cacha son visage dans ses bras, les épaules secouées de frissons.

— Va-t'en ! balbutia-t-elle. Pars ! Retourne chez les tiens... Ma route s'achève ici... Je ne reverrai jamais Barran... ni Oïchi... Les dieux ont trop joué avec moi. Je suis fatiguée de me battre. Je... je veux en finir !

Son désespoir se changea en rage. Elle porta la main à son poignard.

— Non ! cria alors Utta en s'agenouillant en face d'elle.

Les doigts de l'Arfalisse se refermèrent sur son poignet avec une force insoupçonnée, lui faisant lâcher son arme. En même temps, l'autre bras de la jeune fille entourait ses épaules, l'attirait en avant. Bouleversée, Gahonne posa son front contre le sein de sa prisonnière.

— Non... répéta doucement Utta. Tu ne dois pas parler comme ça !

Gahonne ne savait plus où elle en était. Elle leva les yeux, vit une lueur inattendue dans les prunelles sombres d'Utta.

— Je... je...

— Ne dis rien, la coupa l'Arfalisse en posant un de ses doigts en travers de ses lèvres. Il faut repartir...

Elle l'aida à se relever. Gahonne se laissait faire comme une enfant. Utta ramassa son épée et la lui tendit. Elle la saisit machinalement. Utta lui fit un large sourire.

— Je vais monter en croupe, dit l'Arfalisse. Chataham est assez fort pour nous porter toutes les deux.

Gahonne se contenta d'acquiescer. La boule lui obstruait de nouveau la gorge et l'empêchait de proférer une seule parole.

Dans l'après-midi, le temps fraîchit brusquement. Le vent tourna au nord, apportant le souffle des glaciers. Gahonne leva un regard inquiet en direction du ciel.

— La première neige n'est pas loin, dit Utta. Il nous reste encore beaucoup de chemin à faire.

— Durant l'hiver, mon peuple hiberne dans des grottes. Je me proposais d'en chercher une lorsque tes sœurs m'ont volé mon fils.

Dans son dos, Gahonne devina le souffle dédaigneux d'Utta.

— Hiberner dans des grottes ! Ce sont des habitudes de barbares ! Nous habitons des maisons confortables, au-dessus du lac Ashkial, et lorsque celui-ci est pris par le gel, nous nous amusons à glisser sur la glace ! Nous mangeons notre poisson séché, nous veillons autour des feux et...

— Et ?

Utta gloussa de rire.

— Nous faisons l'amour !

Gahonne eut elle-même un sourire non dénué de nostalgie.

— Il y a si longtemps que ne n'ai plus fait l'amour, soupira-t-elle, que je ne me souviens même plus comment c'est !

— Oh ! Ça ne s'oublie pas !

Cette fois, les deux femmes pouffèrent à l'unisson. Les bras d'Utta enserrèrent plus étroitement la taille de Gahonne.

Au soir, il faisait encore plus froid. Les deux voyageuses se serrèrent l'une contre l'autre, tendant leurs mains vers leur feu. Uniquement vêtues de leurs cottes de mailles, elles grelottaient.

— Si vous ne m'aviez pas volé mes bagages! ragea Gahonne. J'avais des fourrures. Nous aurions pu nous vêtir chaudement!

— Nous t'avons volée pour que tu fasses demi-tour, répliqua Utta. Tu n'avais rien à faire sur le territoire des Arfalisses.

— Êtes-vous toujours aussi hospitalières?

— Si nous l'avions voulu, nous t'aurions tiré une flèche entre les deux épaules et tu ne t'en serais même pas rendu compte!

— Votre hostilité envers les étrangers est stupide!

— Nous sommes très bien entre nous! Nous n'avons rien à faire des étrangers!

Elles se défiaient, le regard pareillement étincelant de colère. Mais elles ne purent s'empêcher de sourire.

— Au moins, grommela Utta, quand nous nous disputons, nous avons moins froid!

Elles se couchèrent le plus près possible des flammes. Après une brève hésitation, Gahonne passa un bras autour de la taille d'Utta, l'attira contre elle. L'Arfalisse se serra, frissonnante, dans ses bras.

— Dors bien, murmura-t-elle.

Ce fut d'abord comme une lointaine lueur, dans l'opacité de son sommeil. Gahonne eut la sensation qu'elle ouvrait les yeux, mais elle savait qu'elle dormait. Cette lueur avait quelque chose d'inquiétant, de sinistre. Gahonne se raidit, cherchant ses armes. Mais ses armes avaient disparu et elle était nue. Elle voulut se lever. Son corps était paralysé par une invisible langueur, ne lui obéissait plus. La lueur grandissait. Un visage apparaissait, qu'elle ne parvenait pas à identifier... Un visage monstrueux, qu'elle connaissait pourtant, qui remontait des profondeurs de son inconscient. Il la fixait, déformé, mouvant. Elle tendit les bras dans sa direction, au prix d'un énorme effort, mais il se déroba. Une brusque terreur mordit le cœur de la jeune femme. Gahonne essaya de crier. Aucun son ne franchit ses lèvres. Il fallait qu'elle fuie ce monstre qui s'approchait d'elle, comme un loup de sa proie.

Brusquement, la vision d'Oïchi s'imposa à Gahonne. Son fils, minuscule silhouette se découpant devant la créature, levait ses petits bras pour la protéger.

A l'instant, Gahonne reconnut le monstrueux personnage. Sa poitrine se libéra de l'étau qui l'étreignait. Elle hurla :

— Oïchi ! Oïchi !

Son cri résonna et balaya l'être qui s'apprêtait à l'engloutir. Oïchi se tourna vers elle et l'appela :

— Gahonne ! Gahonne ! Gahonne !

Gahonne s'éveilla...

Utta la secouait et criait son nom :

— Gahonne !

Gahonne hoqueta, hébétée, l'esprit encore traversé par des bribes de songe. Elle regardait la jeune Arfalisse, sans comprendre. Utta la saisit par les joues, lui remua la tête d'avant en arrière.

— Tu criais dans ton sommeil, lui dit la jeune fille. Tu faisais un cauchemar !

Gahonne poussa un long gémissement. Utta la lâcha, mais posa une main sur son épaule.

— Ça va mieux ?

Gahonne acquiesça, au bord des larmes.

— Oïchi, murmura-t-elle. J'ai... j'ai vu Oïchi et...

Elle regarda sa compagne avec de yeux agrandis d'épouvante rétrospective.

— Il y avait un... un monstre... Un visage horrible ! Je... je ne pouvais pas bouger. Il allait m'anéantir...

Utta poussa un petit cri.

— C'est l'Amshafahr ! s'exclama-t-elle. Tu as vu l'Amshafahr !

— L'Amshafahr ?

Gahonne avait la bouche sèche. Elle but un peu d'eau qu'Utta alla lui puiser à la rivière, dans ses mains, comme elle-même l'avait fait.

— J'ai vu mon fils, reprit-elle. Il s'est interposé entre l'Amshafahr et moi et... et ce monstre a dû reculer.

— Cela prouve la véracité de la prophétie ! s'écria Utta avec enthousiasme. Ton fils vaincra ce démon !

Gahonne secoua la tête.

— Utta... Mon fils n'a que deux ans ! Comment pourrait-il vaincre un démon ?

— Il possède sans doute des pouvoirs que tu ignores toi-même. Ne m'as-tu pas dit que tu es une puissante magicienne ? Il est peut-être encore plus puissant magicien que toi !

Progressivement, Gahonne se détendait.

— Il y a encore autre chose...

— Quoi ?

— L'Amshafahr... Je le connais !

— Tu le connais ?

— Oui... Je l'ai reconnu, à l'instant où il s'évanouissait dans mon rêve.

— Qui est-ce ?

Gahonne se tordit les poings.

— Justement... Je ne me souviens plus ! Tout s'est effacé lorsque je me suis réveillée !

Elle se prit la tête dans les mains, dans un violent effort pour se souvenir. En vain. Son rêve s'était dissipé, ne lui laissant que l'impression d'un profond malaise.

Utta l'observait attentivement.

— Tout ça est bien étrange, murmura-t-elle.

— Plus encore que tu penses, répliqua Gahonne. Je... j'ai vécu tant d'aventures singulières...

Elle hésita. Le regard sombre d'Utta l'interrogeait. Cette fille était son ennemie. Elle l'avait combattue, avait menacé de la torturer, de la tuer. Et pourtant elle était plus proche d'elle que n'importe qui, excepté Barran, autrefois.

— Je voudrais te raconter, mais tu ne me croirais pas...

— Raconte, si ça peut te soulager du poids qui t'oppresse.

Utta lui souriait comme elle ne l'avait jamais fait.

— Comment va ta jambe ? lui demanda Gahonne nerveusement.

— Ma jambe va très bien. Mais la question n'est pas là !

— Je regrette que nous nous soyons battues, toi et moi...

— Je le regrette encore plus ! Mais on ne peut pas refaire le passé...

Gahonne eut un sourire sans joie.

— Je crois que tu te trompes, murmura-t-elle.

Et elle commença à lui raconter...

Quand Gahonne se tut, l'aube se levait au-dessus de la forêt. Utta l'avait écoutée sans l'interrompre, une lueur de scepticisme dans les yeux, tout d'abord, mais qui avait fait place à de l'étonnement, puis à une attention passionnée. Un long silence fit suite à la confession de la jeune femme.

— C'est extraordinaire ! s'écria enfin Utta. Ainsi le monde n'est pas unique et il existe des points de passage à travers l'espace et le temps !

— Oui... La Porte de Flamme en était un.

— Alors si tu appelais cette Porte, tu pourrais revenir en arrière, retrouver ton fils et faire en sorte que nous ne l'ayons jamais enlevé et...

Gahonne l'interrompit.

— J'ai bien souvent songé à appeler la Porte, mais je ne l'ai jamais fait. Je n'ai pas le droit de me servir de mes pouvoirs à seule fin personnelle. Mon chagrin, la perte de Barran... celle d'Oïchi ne justifient pas que je veuille modifier le cours des événements. C'est cruel, mais c'est ainsi !

Utta réfléchissait. Elle hocha la tête.

— Je comprends, murmura-t-elle. Ton fardeau est bien lourd, Gahonne-la-Rouge !

Gahonne se raidit pour ne pas pleurer.

— Si lourd qu'il me donne envie de tout abandonner.

— Mais tu espères toujours retrouver Barran.

Gahonne se figea, les yeux dans le vague.

— Je l'ai espéré, souffla-t-elle. Mais je ne sais pas si j'espère encore. Tant de temps s'est écoulé...

Doucement, Utta passa son bras autour de ses épaules.

— Lorsque nous approcherons de mon village, dit-elle, il faudra que tu me laisses aller seule. Je parlerai à Amlah. J'essaierai de la convaincre que tout ce qui est arrivé n'était qu'un accident... J'essaierai de convaincre mes sœurs de t'accueillir pour l'hiver...

— Utta...

— Mais je ne crois pas qu'elles te rendront ton fils. Il faudra que s'accomplisse la prophétie. Une fois l'Amshafahr vaincu, peut-être...

Gahonne sentait une chaleur nouvelle couler dans son cœur.

— Pourquoi ferais-tu ça? demanda-t-elle d'une voix tremblante.

Utta se leva d'un bond, claqua la croupe de Chataham.

— Il est temps de partir! s'exclama-t-elle. Nous bavardons comme deux vieilles femmes!

Gahonne se leva à son tour, saisit ses armes. Brusquement, Utta se campa face à elle.

— Je suis bien contente que tu ne veuilles pas modifier le cours des choses, dit-elle. Parce que nous ne nous serions pas rencontrées, toi et moi! Je dis que ç'aurait été dommage!

Gahonne résista à l'envie d'essuyer les larmes qui s'accumulaient sous ses paupières.

— Je le dis aussi! répliqua-t-elle.

Durant tout le jour, la température ne cessa de baisser. Le vent soufflait de plus en plus fort et les feuilles des arbres volaient en trombes grises. Utta expliqua à Gahonne que l'arrivée de l'hiver, dans son pays, était toujours violente, mais qu'elle s'accompagnait souvent d'une période de redoux, avant que les frimas ne s'installent définitivement.

— Tout de même, cette année, c'est bien tôt, ajouta l'Arfalisse avec une moue.

Alors que l'après-midi s'étirait, des flocons se mirent à voltiger.

— Il va falloir trouver un abri, dit Utta, visiblement

anxieuse. La première neige tombe parfois durant plusieurs jours.

Elles passèrent le reste de la journée à chercher un havre et, finalement, Gahonne découvrit un chêne à demi abattu par quelque tempête et dont les racines massives, s'arrachant du sol, avaient ménagé une sorte de caverne spacieuse et sèche.

— Nous n'aurons qu'à colmater les fissures avec des branches et ce sera imperméable au vent, dit-elle à sa compagne. Il y a même de la place pour Chataham !

Elles se mirent à l'ouvrage avec une telle ardeur qu'elles en oublièrent les bourrasques glacées. Puis elles se glissèrent dans leur refuge. Gahonne força Chataham à se coucher et elles se blottirent contre son poil emmêlé, à la recherche d'un peu de chaleur.

La nuit était tombée. Gahonne songea qu'elles devraient aller chercher du bois, allumer un feu. Mais elle se sentait trop fatiguée pour bouger, et Utta ne semblait pas en meilleure forme. Elles claquaient des dents, recroquevillées l'une contre l'autre, tremblantes de froid. Soudain, la jeune Arfalisse leva la tête. Gahonne la sentit qui se raidissait.

— J'entends quelque chose, murmura la jeune fille tout bas.

Gahonne tendit l'oreille. Le vent soufflait dans les hauts arbres et, dans l'obscurité, elle n'y voyait pas à plus de quelques pas. Mais il lui sembla entendre un grognement assourdi. Instinctivement, elle posa sa main sur la poignée de son épée.

Deux lueurs clignotèrent, fugitives, à l'entrée de leur repaire. Gahonne comprit immédiatement.

— Un ours ! s'écria-t-elle. Nous sommes dans sa tanière !

En écho à son cri, un rugissement retentit, les assourdissant toutes deux. Chataham se dressa en hennissant de terreur. Gahonne distingua la masse imposante du fauve qui se campait sur ses pattes de derrière, plus sombre que la nuit. Elle arracha son épée du fourreau, se leva d'un coup de reins. A son oreille retentit le claquement de la corde de son arc. Utta avait été encore plus rapide qu'elle !

L'ours poussa un nouveau rugissement. Gahonne leva son épée et frappa à l'aveuglette. Elle sentit la pointe de son arme qui s'enfonçait dans quelque chose de mou. Au même instant, un choc effroyable lui déchira l'épaule. Elle s'effondra, persuadée que le fauve lui avait arraché le bras. Utta poussait des cris et s'agitait violemment devant elle. Elle comprit qu'elle attaquait l'ours à l'épieu. Elle tâtonna autour d'elle — se rendant compte par là même qu'elle possédait toujours ses deux bras —, saisit le second épieu et se précipita à la rescousse.

L'ours hurlait de rage et de souffrance. Elles avaient dû, sans le savoir, lui voler sa tanière juste à l'heure où il voulait s'y retirer pour hiberner. En temps normal, humant leur odeur, il aurait passé son chemin. Mais, s'estimant chez lui, il n'entendait pas leur céder le terrain. Ce serait un combat à mort !

Dans le vacarme assourdissant provoqué par les rugissements de l'ours, les hennissements affolés de Chataham et les cris vengeurs d'Utta, Gahonne frappa de son épieu, à coups redoublés. Soudain, alors qu'il semblait sur le point de pénétrer sous l'arbre abattu, le fauve recula. Ses yeux s'accoutumant à l'obscurité, Gahonne le distingua mieux. Il était beaucoup plus gros que tous les ours qu'elle avait pu voir en pays latahïr. Il secouait sa tête énorme, gueule ouverte. La flèche d'Utta pointait au milieu de son poitrail.

Le fauve se dressa à nouveau sur ses pattes de derrière, comme s'il voulait écraser ses adversaires sous sa masse. Gahonne serra plus fort son épieu entre ses mains.

— Ton poignard ! cria Utta. Donne-moi ton poignard !

Sans comprendre, Gahonne arracha son arme de sa ceinture et la tendit à Utta. L'Arfalisse la saisit. Avant que Gahonne ait pu faire un geste, elle se précipita contre l'ours.

— Non ! hurla Gahonne, se ruant elle-même en avant.

Les pattes griffues s'étaient refermées sur la jeune fille. Gahonne pointa son épieu, visant la base du cou du fauve. Elle frappa, et le fer de son arme s'enfonça dans l'épaisse collerette de fourrure à l'instant où l'animal ouvrait la gueule pour broyer sa proie entre ses crocs. L'ours poussa un hurlement déchirant et se secoua de toutes ses forces. Utta s'arracha à son étreinte. Sa cotte de mailles était en lambeaux, mais Gahonne vit le reflet nacré des entrailles de l'ours qui croulaient par la plaie béante que lui avait infligée l'Arfalisse.

Le fauve bascula en arrière, se tordant sur lui-même dans les bourrasques de neige, et les aspergeant de sang. Il hurlait à en ébranler la nuit.

— Il est à nous ! cria Utta d'une voix perçante.

Elle saisit à nouveau son épieu. Gahonne l'imita. L'ours se traînait sur le sol, essayant d'échapper à ses bourreaux. Les deux femmes le frappèrent, recherchant les organes vitaux. Sur un dernier halètement, l'énorme animal demeura immobile.

Épuisées, Gahonne et Utta se laissèrent tomber dans la neige, contemplant leur victime, réalisant mal qu'elles avaient vaincu. Mais la froidure de la nuit les rappela à l'ordre.

— Faisons du feu ! grommela Gahonne, se relevant en prenant appui sur son épieu.

Elles avaient transpiré, durant le combat, mais à présent, elles étaient gelées. Elles s'affairèrent, coupant des branches de résineux et, enfin, des flammes s'élevèrent, bienfaisantes. A leur lueur, elles purent mieux distinguer leur ennemi mort.

— Dieux, quel monstre ! s'exclama Gahonne. Je n'en avais jamais vu d'aussi gros !

— Moi non plus... J'avais entendu dire qu'il en existait encore quelques-uns, au cœur des forêts les plus profondes, mais je ne pensais pas que j'en rencontrerais jamais... On prétend que les grands-pères de ces ours ont appris à nos ancêtres les voies de la sagesse et qu'en remerciement, nos ancêtres les adorèrent comme des dieux...

La jeune Arfalisse s'interrompit d'un éclat de rire.

— En tout cas nous avons une superbe fourrure et de la viande à profusion. Nous ne redoutons plus l'hiver !

Elle saisit Gahonne par l'épaule. La jeune femme poussa un cri de douleur. Utta se pencha vers elle pour l'examiner.

— Tu reprochais aux cottes de maille arfalisses de ne pas être chaudes, gloussa-t-elle, mais si tu n'en avais pas porté, tu n'aurais plus de bras !

— C'est vrai, reconnut Gahonne.

Utta sourit, satisfaite.

— Allez, au travail ! Il reste à dépouiller cette brave bête !

CHAPITRE IV

Ce travail les mena tard dans la nuit. Enfin, après avoir débité l'ours géant en quartiers qu'elles suspendirent à des branches d'arbre pour les mettre hors de portée des prédateurs, elles se retirèrent dans leur abri, enlevèrent leurs cottes de mailles ensanglantées et se serrèrent l'une contre l'autre, emmitouflées dans la peau encore tiède.

— Quelle merveilleuse fourrure, murmura Gahonne d'une voix ensommeillée, caressant l'épais pelage du fauve.

Le visage d'Utta était tout proche du sien. Brusquement, la jeune Arfalisse avança les lèvres et l'embrassa sur la bouche.

— Bonne nuit, Gahonne-la-Rouge, souffla-t-elle à sa compagne étonnée.

— Bonne nuit, Utta des Arfalisses.

Enlacées, les deux femmes sombrèrent dans le sommeil.

Lorsqu'elles s'éveillèrent, une grisaille uniforme baignait l'intérieur de l'abri. Par l'étroite entrée qu'elles avaient ménagée à travers les branchages, elles se rendirent compte que le blizzard soufflait. Mais elles se sentaient bien, calées contre le corps rondelet de Chataham, blotties sous leur peau d'ours. Elles n'avaient plus eu si chaud depuis bien longtemps. Il était plaisant de se laisser aller à la paresse.

Mais, bien vite, ses soucis revinrent à Gahonne.

— J'espère que tes sœurs n'auront pas été surprises par le mauvais temps, dit-elle.

— Ça ne risquait pas ! la rassura Utta. Par la rivière, il ne leur aura fallu que trois jours pour rallier le village. Elles sont à l'abri, à l'heure qu'il est... et ton fils aussi !

Gahonne baissa la tête.

— Qu'est-ce qu'elles vont lui faire ?

— Le traiter comme un prince !

Utta serra Gahonne contre elle, lui caressa les épaules, le dos. Un trouble étrange remua la jeune femme. Cela lui faisait un curieux effet, de sentir le corps nu d'Utta contre le sien, sa chaleur, la douceur de sa peau. Elle aurait dû se reculer, mais n'en avait pas envie. Elle se sentait bien. Elle n'était plus seule.

— Depuis l'infini du temps, poursuivit la jeune Arfalisse, mon peuple attend cet enfant miraculeux qui le délivrera. Il l'a enfin trouvé ! Tu n'imagines pas qu'il va lui faire du mal, tout de même ?

Gahonne ne répondit pas. Presque sans y penser, elle rendait ses caresses à Utta. Elle se souvenait de l'époque où c'était le corps de Barran qu'elle caressait ainsi... La chaleur de sa peau d'homme... Lorsqu'elle éveillait doucement sa virilité, la flattait entre ses mains avant de la prendre en elle...

— Ohhh... murmura tout à coup Utta d'une voix changée. J'aime ce que tu es en train de me faire !

Gahonne sentit le feu monter à ses joues, mais aussi dans sa chair. Toute à ses pensées, elle s'égarait à caresser Utta comme elle caressait autrefois Barran. A une grosse différence près : les chauds pétales qui s'ouvraient sous ses doigts ne ressemblaient guère au soc orgueilleux de son ancien compagnon.

Confuse, Gahonne voulut retirer sa main.

— Oh non ! souffla Utta. Continue... C'est si bon !

Gahonne avait terriblement envie de continuer, mais se sentait gênée, presque paralysée.

— Je... je n'ai jamais... avec une autre femme... balbutia-t-elle.

Utta pouffa de rire et ondula des hanches.

— Tu t'y prends très bien !

Timidement, Gahonne effleura un des petits seins d'Utta. Le tétin, quoique érigé, était minuscule, pareil à une graine.

— Si tu étais une Arfalisse, dit Utta, tu l'aurais fait depuis ton enfance et tu trouverais ça tout naturel. Fillettes nous jouons à nous caresser. Adolescentes, nous avons nos amies de cœur. Ensuite, nous formons des couples... Bien sûr, de cette façon, nous ne pouvons avoir d'enfant et il nous faut un jour ou l'autre rencontrer le clan des hommes. Mais le plaisir nous est donné et c'est une bénédiction des dieux.

Gahonne écoutait, tout en regardant le visage de sa compagne, tout proche du sien. Ses tatouages apparaissaient sombres dans la semi-obscurité. Une flamme douce brûlait dans ses yeux. Son étrange mèche, dénouée, pendait sur son front. Elle aurait pu être laide, avec son crâne rasé. Ce n'était pas le cas.

— Pourquoi m'as-tu embrassée, hier soir ?

Utta sourit.

— J'en avais envie depuis pas mal de temps. Tu n'as pas aimé ?

Gahonne luttait contre le désir qui la consumait d'enlacer Utta, de fondre à nouveau sa bouche à la sienne, de s'offrir à ses caresses, de la découvrir, de la posséder... et d'être possédée par elle. Mais était-ce une lutte où elle souhaitait vaincre ?

— Embrasse-moi encore, souffla-t-elle en offrant ses lèvres.

Utta les prit. Un long frisson parcourut le corps de Gahonne. La jeune femme ouvrit la bouche et la pointe de sa langue effleura celle d'Utta. Leur baiser s'enflamma, se fit passionné, leurs souffles se raccourcirent.

D'un coup, les digues morales de Gahonne se rompirent. Dans un mouvement convulsif, la jeune femme avança le bassin, frotta son ventre contre celui de sa compagne. Utta avait un duvet si ras qu'elle lui semblait presque lisse. Cette sensation aiguisa en elle quelque chose de trouble.

— Viens en moi, murmura Utta, à son oreille.

— J'ai envie ! répondit Gahonne, ivre, se laissant aller à sa sensualité trop longtemps refoulée.

Utta accompagnait ses mouvements, ses cuisses refermées autour de sa main. Soudain elle poussa un petit cri de gorge, son regard se voila. Elle se mordit les lèvres.

— Oh... C'est... c'est bon ! râla Utta.

Son corps s'amollit sur un soupir. Les deux femmes se regardèrent. Gahonne avait envie de pleurer, sans savoir si c'était de chagrin ou de bonheur. Utta sourit et se pencha sur elle. Sa bouche descendit le long de son torse, baisa chacun de ses seins, descendit encore. Gahonne haleta et ouvrit ses cuisses lorsque les lèvres peintes effleurèrent sa rousse toison, puis s'en allèrent là où sa fièvre les attendait.

Ce fut un instant d'une suavité qu'elle croyait avoir oubliée. La bouche d'Utta fit naître en elle des vagues profondes, irrésistibles, presque douloureuses. Elle poussa un grand cri lorsque le plaisir l'emporta. Elle eut l'impression qu'elle renaissait à la vie !

La tempête fit rage jusqu'au lendemain matin, à l'extérieur du refuge des deux femmes, mais également à l'intérieur. Gahonne n'avait jamais fait l'amour avec quelqu'un de son sexe, mais elle avait été si longtemps seule, en manque de tendresse, de plaisir, que les quelques sentiments de culpabilité qu'elle aurait pu ressentir ne tardèrent pas à être balayés par le bonheur pur et simple. Utta lui faisait découvrir une nouvelle façon d'être amante.

Enfin, leurs sens apaisés, alors que le blizzard cessait de souffler, elles se levèrent, chaussèrent leurs bottes et, se serrant l'une contre l'autre, elles sortirent de leur abri.

— Comme c'est beau ! s'extasia Gahonne en contemplant la forêt masquée de blanc.

— Comme j'ai faim ! répliqua Utta en éclatant de rire. Au travail !

Il faisait beaucoup moins froid qu'avant que tombe la neige, au point que les deux femmes, endurcies par leur vie sauvage, ne souffraient guère de leur nudité. Pendant que Gahonne ramassait des brassées de branches de sapin, Utta découpa de larges tranches de viande d'ours. Bientôt, un feu ardent brûlait devant le seuil de la tanière, le rôti tournait sur la broche et un parfum délicieux monta dans l'air.

Les yeux dans les yeux, Gahonne et Utta dévorèrent leur viande. Puis, après s'être soigneusement léché les doigts, la jeune Arfalisse dit :

— Une bonne partie de cette neige ne va pas tarder à fondre. Dans deux ou trois jours, nous pourrons reprendre notre route. En attendant, fabriquons-nous des habits avec la peau de l'ours !

Gahonne acquiesça et, d'un geste machinal, tendit son poignard à sa compagne. Le poing d'Utta se referma sur le manche de l'arme. Gahonne se détourna pour saisir une branche morte... et se retrouva brutalement couchée sur le dos, dans la neige, Utta agenouillée au-dessus de sa poitrine, la pointe du coutelas appuyée sur sa gorge.

Stupéfaite, la jeune femme considéra le feu intense qui brûlait dans les yeux de l'Arfalisse. La pointe appuya plus fort. Gahonne étouffa un petit cri de douleur. Elle sentait un filet de sang couler le long de son cou.

— Ça, siffla Utta, c'est pour m'avoir blessée à la jambe !

Elle pratiqua une seconde entaille.

— Et ça pour m'avoir blessée au flanc !

Gahonne respirait à peine. Utta fit courir le poignard de l'autre côté de son cou, l'entailla deux nouvelles fois.

— Et ça, c'est pour avoir tué mes sœurs...

Elle lâcha l'arme, se laissa aller sur le corps de Gahonne et lécha les quatre plaies sanglantes.

— Et ça, c'est parce que je t'aime, Gahonne-la-Rouge !

*
**

Elles quittèrent leur refuge trois jours plus tard, étrangement attifées de grossières pelisses d'ours, par-dessus lesquelles elles avaient enfilé leurs cottes de mailles déchirées. Gahonne avait conservé son épée, son arc et ses flèches, mais donné ses autres armes à Utta. Précédant Chataham lourdement chargé de viande grossièrement fumée, les deux femmes rejoignirent la rivière. La neige fondait effectivement et le vent soufflait du sud, si chaud qu'on aurait pu croire le printemps de retour.

— Ne t'y fie pas, dit Utta à son amie. Dans ma tribu, on dit que les dieux font un ultime cadeau aux imprévoyants, pour leur permettre d'engranger des provisions... Mais dans une demi-lune, le gel fendra le cœur des arbres !

— Raison de plus pour nous hâter, répondit Gahonne.

Elles marchèrent durant cinq jours, dans un grandiose paysage de forêts, de collines, de cascades, où la rivière serpentait entre d'abruptes falaises, au point de n'être que succession de rapides, ou s'élargissait au milieu de prairies, parfois barrée par les digues de colonies de castors.

— Ton pays est magnifique ! s'extasia Gahonne. Plus beau encore que celui des Latahïrs !

— C'est vrai, répondit Utta. Il ferait si bon y vivre, sans la tyrannie de l'Amshafahr !

Utta devenait de plus en plus nerveuse, à mesure que le temps passait. Le cinquième soir, alors qu'elles établissaient leur camp, la jeune Arfalisse dit à sa compagne :

— Le lac Ashkial n'est plus qu'à quelques heures de marche. Demain, je partirai seule...

Devant le regard que lui lança Gahonne, elle reprit, acerbe :

— As-tu peur que je te trahisse ? Tu ne me fais pas confiance ?

Gahonne soupira. Malgré ce qui existait entre elles, elle ne faisait pas *totalement* confiance à son amie. Mais elle savait qu'elle devait prendre le risque.

— C'est bien, dit-elle. Tu partiras seule... Ensuite ?

Utta sembla soulagée. Elle jeta le chardon avec lequel elle était en train d'étriller Chataham, vint s'asseoir auprès de Gahonne.

— Mes sœurs doivent me croire morte, reprit-elle. Elles vont me poser des tas de questions et je devrai bien leur révéler ta présence... Ça ne sera pas facile. Leur première réaction sera violente... Mais j'essaierai de convaincre Amlah que tu n'es pas l'ennemie des Arfalisses, que ta magie peut nous aider... et que tu réclames ton enfant en bonne justice.

— Cela suffira-t-il ?

— Je ne sais pas. Je l'espère...

Utta jouait avec une herbe séchée. Gahonne l'observait.

— Si j'arrive à convaincre mon clan, je reviendrai te chercher. Ça pourra prendre un jour ou deux... Peut-être plus...

Gahonne saisit la main de son amie.

— Et si ça ne marche pas ?

Utta soupira, se redressa et la regarda bien en face.

— Alors j'essaierai de leur reprendre ton fils !

Gahonne ne s'était pas attendue à une telle promesse. Un espoir nouveau flamba en elle. Elle eut honte d'avoir un instant douté de son amie.

— Tu ferais ça ? s'exclama-t-elle.

— Oui... Pour toi !

— Mais... Ensuite, qu'est-ce qui t'arrivera ?

Pour la première fois, le regard d'Utta vacilla, exprimant de l'angoisse.

— Ensuite je ne serai plus une Arfalisse. Je n'aurai plus qu'à fuir la colère de mes sœurs !

Ses épaules se voûtèrent. Gahonne l'attira contre elle, comprenant trop bien ce que pouvait ressentir la jeune fille. Elle aussi, un jour, avait dû fuir son clan. C'était une épreuve terrible.

— Si tu dois fuir les Arfalisses, dit-elle, tu viendras avec moi. Nous poursuivrons notre route ensemble, aussi longtemps que les dieux le voudront.

Utta la regarda, les yeux emplis de larmes.

— C'est... c'est vrai, Gahonne ?

— Crois-tu que je t'abandonnerai ?

Les yeux d'Utta flambèrent.

— Je refuse la pitié ! siffla la guerrière.

Gahonne sourit. En cet instant, sa compagne lui apparaissait pour ce qu'elle était vraiment : une *très* jeune fille !

— Il ne s'agit pas de pitié, Utta!

Le visage tatoué s'illumina.

— Tu... tu m'aimes donc un peu... toi aussi?

Gahonne caressa tendrement le crâne nu de son amie.

— Bien sûr que je t'aime, dit-elle. Non pas de la manière dont j'aime le père de mon fils, car il est homme et toi tu es femme. Mais tu combles en moi le vide qui me déchirait, ta présence m'est douce comme le miel et ta flamme m'embrase lorsque tu poses tes mains sur moi...

Elle s'interrompit, un peu étonnée de cette déclaration qu'elle venait de faire à une autre femme. Des larmes coulaient des yeux sombres d'Utta.

— Gahonne, ma bien-aimée, souffla la jeune fille. Pour toi je renverserai tous les obstacles! Je renierai le clan des Arfalisses!

Elles s'enlacèrent et leurs bouches s'unirent. Mais lorsqu'une main d'Utta s'égara sous sa pelisse, Gahonne la repoussa.

— Non... Le moment n'est pas bien choisi, dit-elle. Si je dois t'attendre ici plusieurs jours, il faut que je me construise un abri. La nuit tombe. Dépêchons-nous!

A regret, Utta lui obéit. Elles bâtirent une hutte à l'aide de branchages, entrelaçant les ramures afin d'empêcher le vent de s'immiscer à l'intérieur.

— Ça ira, apprécia Gahonne. Mais pas si les grands froids reviennent!

— Je serai revenue avant... D'une façon ou d'une autre!

Utta se glissa dans l'abri, le regard allumé.

— Et maintenant... Le moment est-il bien choisi?

Gahonne pouffa et défit son ceinturon.

— Tout à fait bien choisi, murmura-t-elle en rejoignant sa compagne.

Le lendemain, à l'aube, Utta s'en alla. La gorge serrée, Gahonne la suivit du regard alors qu'elle s'éloignait, longeant la rivière, l'épieu à la main.

Lorsque la jeune Arfalisse eut disparu, Gahonne s'assit sur le seuil de sa hutte, en proie à un sentiment de solitude plus poignant que tout ce qu'elle avait ressenti jusque-là. Barran avait disparu, son fils lui avait été enlevé, et à présent son amie était partie. Sans la présence muette, mais chaleureuse, de Chataham, la jeune femme se serait sentie seule au monde.

Le jour s'étira, morne. Gahonne avait de la viande d'ours à profusion, et n'alla pas chasser. Elle sommeilla, tressa des herbes pour se fabriquer un pagne, mais les premiers froids avaient rendu les fibres cassantes et elle renonça après plusieurs insuccès. Elle bouchonna longuement son cheval ravi de telles attentions, s'en alla jusqu'à la rivière, essayant de pêcher à la main, comme lui avait montré Utta. Mais elle n'était pas, et de loin, aussi habile que son amie. Au bout d'une heure, elle n'avait attrapé que deux truites. Quand elle commença à claquer des dents, elle sortit de l'eau et alla se blottir près de son feu.

Au matin suivant, Utta n'était pas revenue. L'Arfalisse avait dit « deux ou trois jours ». On était loin du compte, mais Gahonne commença à ressentir de l'inquiétude. Et si la jeune fille avait rencontré un tigre ? Il n'en manquait pas, dans ces forêts profondes.

Imaginer qu'Utta pouvait avoir péri sous la griffe ou le croc d'un fauve tordit le cœur de Gahonne et força la jeune femme à s'interroger sur la nature exacte des sentiments qu'elle portait à sa compagne. Gahonne devait bien admettre qu'elle répondait à la passion d'Utta. Elle s'en culpabilisa. Que devenait son amour pour Barran, son espoir de le retrouver ? Il avait coulé tant de lunes, depuis que son compagnon avait disparu. Gahonne devait presque faire un effort pour retrouver, en pensée, le dessin de son visage. Le temps diluait petit à petit sa perception du passé.

En cet instant, c'était d'Utta, que Gahonne avait envie. De la saveur exquise de son sexe vierge et nacré, de la dureté de ses petits seins, du velouté de son fin duvet repoussant sur son crâne rond... De ses mains courant sur son corps à elle, éveillant son désir, le faisant s'épanouir, de sa bouche qui la laissait pantelante... De ses longs cris d'amour...

— Je deviens folle ! gémit Gahonne, troussant sa pelisse, sous laquelle elle s'était mise à se caresser pour apaiser la fièvre qui l'avait prise à l'évocation de ses étreintes avec son amante.

Folle, elle l'était, et retrouvait les gestes grâce auxquels elle se satisfaisait, autrefois, et trompait sa solitude. Elle s'assouvit, le feu aux joues, puis se leva, en colère.

— Je ferais mieux d'aller à la chasse ! maugréa-t-elle en saisissant son arc.

Elle partit donc et, au bout d'une heure de promenade en sous-bois, rencontra une harde de sangliers fort affairés à se bauger. Sa flèche transperça le poitrail d'une jeune bête rousse et, tandis que les autres s'enfuyaient, Gahonne dégaina son poignard et se jeta sur l'animal blessé pour l'achever. Elle le frappa férocement, comme si, tuant ce sanglier, elle parvenait à tuer son malaise. Puis elle le vida, le chargea sur ses épaules et le ramena à son camp. Mais son malaise et sa solitude n'avaient pas faibli.

Trois jours plus tard, Utta n'était toujours pas là et l'inquiétude de Gahonne s'était changée en angoisse. A chaque instant la jeune femme sortait de sa hutte, croyant entendre craquer une branche, et courait vers la rivière. Mais, à chaque fois, son espoir était déçu. Ce n'était que l'écho du vent, ou le passage d'un chevreuil. Gahonne retournait s'allonger dans son abri, le cœur lourd, l'esprit bourrelé de pensées néfastes et, les yeux dans le vague, reprenait le fil de ses interrogations. Qu'était-il arrivé à Utta ?

Car il lui était arrivé quelque chose. De cela, Gahonne était certaine...

La jeune femme patienta encore deux jours, dans un état de nerfs indescriptible. Le vent avait à nouveau viré au nord, et la température chutait régulièrement. Gahonne n'hésita plus. Elle ne pouvait s'offrir le luxe d'attendre encore. L'hiver était imminent, elle n'avait pas d'abri digne de ce nom, aucun vêtement chaud à l'exception de sa mauvaise pelisse, ses provisions étaient presque épuisées. Il fallait qu'elle force le destin, qu'elle aille chez les Arfalisses.

D'avoir décidé ce qu'au fond d'elle-même lui avait toujours semblé inéluctable rendit son calme à Gahonne. La jeune femme endossa sa cotte de mailles, se ceignit de ses armes et sauta sur le dos de sa monture.

— En avant ! s'exclama-t-elle. Oïchi et Utta nous attendent !

Cheminer le long de la rivière ne fut pas difficile. La forêt devenait clairsemée, le terrain plat. Le seul inconvénient, mais de taille, était le vent, qui soufflait en rafales de plus en plus froides. Les cheveux de Gahonne étaient plaqués sur son visage, et la jeune femme n'y voyait rien. Elle soufflait sur ses doigts, gourds d'agripper les rênes, frottait ses mains l'une contre l'autre, mais le pire était que sa pelisse ne la couvrait que jusqu'aux fesses, et sa cotte de mailles à peine plus bas. Gahonne devait s'assener de violentes claques sur les cuisses pour y faire circuler le sang. N'y tenant plus, elle finit par mettre pied à terre et taillada à coups de couteau la peau de mouflon qui lui servait de selle. Elle s'en confectionna de grossières jambières. Elle eut moins froid, mais dut alors endurer l'inconfort du crin rude de Chataham sur son sexe nu, lequel ne tarda pas à se trouver à vif ! Si seulement elle avait eu un pagne !

Mais Gahonne oublia les petits tracas de son entrejambe irrité lorsqu'elle déboucha sur un lac, où se jetait la rivière. Elle mit pied à terre et, s'abritant derrière un arbrisseau, elle observa le paysage.

Le lac Ashkial s'étirait en une suite de criques et de caps couverts d'une végétation figée par la gelée blanche. Des collines le bordaient jusqu'à l'horizon. Il n'y avait aucun signe de vie, pourtant, très loin, les yeux perçants de la jeune femme découvrirent une ombre floue et mouvante. Gahonne pinça les lèvres. C'était les fumées d'un village, qu'emportait le vent.

Gahonne hésita, se posant la question de ce qu'elle devait

faire à présent. Le fait qu'Utta ne soit pas revenue la rendait circonspecte. Les Arfalisses n'avaient pas voulu lui rendre Oïchi, comme elle le lui avait laissé entendre, mais elle n'avait pas dû pouvoir le leur reprendre. Quoi qu'il en soit, elle leur avait nécessairement parlé d'elle, et les guerrières devaient être en alerte. Si elle tentait de s'approcher subrepticement de leur village, elle risquait d'être traitée en ennemie. Le mieux était d'aller à découvert, sans se cacher, pour prouver qu'elle n'avait pas de mauvaises intentions. Il y avait bien ce fameux prix du sang, et les deux femmes mortes, mais ce qui s'était passé n'avait été qu'un malheureux concours de circonstances.

Gahonne soupira et, avec un haussement d'épaules fataliste, remonta sur Chataham. Sans toucher à ses armes, elle se remit en marche, se découpant à l'évidence sur la berge du lac.

Le plan d'eau était plus étendu qu'elle avait jugé, et sa côte si profondément découpée qu'après de longues heures de cheminement, Gahonne eut l'impression qu'elle ne s'était pas rapprochée du village d'une coudée. Le nuage de fumée était aussi ténu, les caps succédaient aux criques, et le vent avait encore forci. La jeune femme était à tel point engourdie par le froid qu'elle avait l'impression de s'être changée en un bloc de glace. « Encore heureux qu'il ne neige pas ! » Mais elle doutait de survivre à une nuit supplémentaire à la belle étoile.

L'après-midi s'étira, le soleil plongea vers l'horizon et la température baissait toujours. Gahonne claquait des dents, son corps se tétanisait, des larmes coulaient sur ses joues. Ce fut à travers le brouillard de ces larmes qu'à l'instant où le crépuscule faisait place à la nuit, elle crut apercevoir une silhouette humaine, à quelques pas d'elle. Elle voulut appeler, tendre la main. Elle ne put que proférer un gémissement, esquisser un geste.

La silhouette se précisa. C'était une femme. Elle bandait un arc et la visait entre les deux yeux...

Gahonne eut l'impression que son crâne éclatait. Une

douleur intense l'étourdit, un éclair explosa dans sa cervelle et elle eut le temps de penser qu'elle était morte. Puis tout devint noir.

Elle bascula de son cheval, tandis qu'éclatait une symphonie de cris de guerre.

CHAPITRE V

Lentement, les ténèbres de l'inconscience se déchiraient. Gahonne ressentait deux impressions contradictoires. Celle d'une douce chaleur, agréable à son corps en contraste avec le froid mortel qu'elle avait enduré jusque-là, et une souffrance intolérable, à l'intérieur de sa tête. C'était comme si son cœur battait sous son crâne, et chaque pulsation irradiait des ondes qui la perçaient d'une tempe à l'autre. La jeune femme s'efforça de conserver les yeux fermés, comme si cela pouvait atténuer cette intolérable torture. En vain... Chaque instant qui passait aggravait son mal.

Elle essaya de bouger, mais se sentit entravée, paralysée en une posture douloureuse. Elle ouvrit les yeux, grimaça.

Elle se trouvait dans une pièce qu'éclairait et chauffait un foyer central. Il y avait là plusieurs femmes de tous âges, certaines fines, élancées, d'autres mafflues et obèses, toutes nues à l'exception d'un pagne, le visage tatoué, le crâne surmonté de la mèche des Arfalisses. Il y avait aussi des enfants, garçonnets et fillettes, entièrement nus et la peau dépourvue de dessins. Tout ce petit monde la dévisageait en silence, le visage fermé, la mine impassible. Gahonne essaya de bouger... et se rendit alors compte qu'elle avait les poignets liés à une sorte de chevalet, au-dessus de sa tête, qui la maintenait les bras écartés, agenouillée sur un dur lattis de bois. Ses chevilles étaient également attachées. Elle ne pouvait faire un mouvement.

— Je t'avais prévenue, dit alors une voix lugubre, à côté d'elle.

Gahonne tourna la tête, méprisant sa douleur, et découvrit Utta. Son amie était également agenouillée sous un carcan. Son œil gauche, fermé, montrait une énorme tuméfaction, sa lèvre inférieure était fendue et du sang séché marbrait sa mâchoire. On lui avait rasé sa mèche.

— Amlah n'a pas voulu m'écouter, gémit la jeune fille. Elle m'a accusée de les avoir trahies. Alors on m'a battue... On voulait me faire avouer où tu étais cachée... Mais je n'ai rien dit... Seulement elles avaient Oïchi. Amlah a dit que tu finirais par venir. Elles t'ont attendue. J'ai prié pour que tu leur échappes, mais...

— Tais-toi ! clama une voix dure, dans le fond de la pièce. Ou je te fais couper la langue !

Folle de rage, Gahonne se tortilla dans son carcan. Elle aperçut une grande femme, qui se tenait debout, les poings sur les hanches. Taillée comme un homme, ses seins couverts de tatouages, la taille prise dans un corselet d'armure, elle portait une épée au côté. Un diadème de métal serti de dents de tigre ornait son front et des disques en or pendaient aux lobes de ses oreilles. Elle dardait sur les deux prisonnières un regard impitoyable. Gahonne réprima un frisson. Sans aucun doute il s'agissait de la fameuse Amlah, chef du clan des femmes arfalisses. A vrai dire, elle n'avait pas grand-chose de féminin. Elle devait être capable de couper un homme en deux d'un seul coup de son épée.

Amlah s'approcha, sourcils froncés. Ses tatouages faciaux la rendaient hideuse. Gahonne se sentait très mal pour lui rendre son regard haineux. Elle avait si mal à la tête qu'il lui semblait que sa cervelle allait s'écouler par ses orbites.

— Tu as tué deux des nôtres ! gronda Amlah. Leur sang exige ton sang, étrangère !

— Tu... tu as volé mon... fils ! répliqua Gahonne.

— Ce qui se trouve sur le territoire que les dieux ont donné aux Arfalisses appartient aux Arfalisses. Ton fils nous appartient... Nous t'avions laissé la vie. Tu aurais dû partir en bénissant ta chance !

— Jamais... je n'abandonnerai... mon enfant !

Amlah sembla étonnée par la pugnacité de sa prisonnière. Elle se pencha et la frappa sur le haut du crâne. Gahonne grimaça... et se rendit seulement compte, à cet instant, qu'on lui avait entièrement rasé la tête ! Elle poussa un nouveau cri, d'étonnement, cette fois.

— Que... que m'avez-vous fait ?

— Après ta mort, la Déesse ne pourra pas te saisir par ta crinière et t'emmener au paradis ! répondit haineusement Amlah. Tu erreras à jamais dans le Néant !

Ces paroles provoquèrent une sorte de déclic dans l'esprit de Gahonne. La jeune femme fixa son tortionnaire dans les yeux.

— Que... que connais-tu du Néant ? siffla-t-elle. Moi, je le connais... J'y suis allée... Et j'en suis revenue !

— Blasphème ! s'écria alors une grosse femme accroupie, tendant le poing. Les dieux ne peuvent tolérer pareil langage ! Qu'on lui arrache la langue !

— Silence ! riposta Amlah d'une voix tonnante. Qu'on dise à notre chaman d'amener le Livre de Jaar !

Deux jeunes filles sortirent. Amlah fixait toujours Gahonne, un pli féroce sur ses lèvres peintes.

— Les oracles avaient annoncé la venue de ton fils. Tu ne peux te dérober à leurs prophéties. Nul n'échappe à son destin !

— C'est faux ! riposta Gahonne. Je sais comment infléchir le destin. Je suis une magicienne ! Je possède le secret de la Porte de Flamme !

Amlah eut un sourire cruel.

— Utta nous a raconté ça... J'aimerais bien constater la force de ta magie. Libère-toi et je serai prête à admettre tes pouvoirs !

Gahonne rendit son regard venimeux à la grande femme.

— Mes pouvoirs ne concernent pas de vulgaires entraves ! Ils touchent aux puissances du temps et de l'espace !

— Mais bien entendu ! persifla Amlah. Il ne saurait en être autrement !

A ce moment les deux filles réapparurent, précédant une vieille femme, très maigre, toute la surface de son corps marquée de dessins, sa longue mèche pendant plus bas que ses genoux, une amulette reposant entre ses seins flasques. Elle portait, avec les marques du plus grand respect, un gros ouvrage de cuir lié de tresses de fibres, orné de dessins rappelant les tatouages tribaux. Amlah se pencha et inclina la tête devant l'ouvrage. Puis elle dit, s'adressant à la vieille :

— Garhet, notre chaman, révèle à l'étrangère le contenu de la prophétie !

Avec solennité, le chaman s'accroupit et, tandis qu'un grand silence tombait sur les guerrières, elle posa le livre sur ses genoux et l'ouvrit. Elle en tourna plusieurs pages, s'arrêta sur l'une d'elles, suivit des colonnes de caractères à l'aide d'un ongle crochu et commença à lire, d'une voix cassée :

— « ... car viendra l'Enfant des Esprits couronné de flammes... Le peuple des Arfalisses le connaîtra et renaîtra par lui. Il le protégera et l'allaitera. Il lui donnera sa chaleur et son miel... »

La vieille femme récitait son texte. Le ton monocorde de ses paroles produisait un étrange effet sur Gahonne qui écoutait, fascinée, oubliant tout à coup son corps meurtri, ses poignets et ses chevilles blessés par ses liens trop serrés. Les mots pénétraient en elle, éveillant d'étranges pressentiments qui ressemblaient à des souvenirs. Les phrases lui étaient familières, comme les caractères avec lesquels elles étaient écrites. Comme malgré elle, ses lèvres se mirent à remuer, sa voix s'accorda avec celle de Garhet, avant de la surpasser :

— « ... l'Enfant des Esprits deviendra l'âme du peuple arfalisse... Il s'éloignera du sein maternel, parcourra les étendues obscures et rencontrera l'Amshafahr... Il pénétrera dans son sanctuaire et libérera les humains de son joug... Alors refleuriront les lilas et les lis, chanteront les esclaves et s'accomplira la délivrance... Alors l'Enfant des Esprits rejoindra son domaine et les humains seront réunis... Alors s'élèveront les prières, ceux qui sont deux ne feront plus qu'un et la tempête s'éloignera à jamais... »

Garhet avait cessé de parler alors que Gahonne, en transe, récitait toujours le texte sacré. Amlah et les autres Arfalisses, et même Utta dans son carcan, la considéraient avec stupeur. Elle se tut enfin.

Amlah réagit la première. Elle se rua sur Gahonne, la saisit au cou, si serré que la jeune femme crut qu'elle allait l'étrangler. Elle rugit :

— Comment connais-tu la parole du Livre de Jaar ? rugit-elle. Par quel sortilège peux-tu réciter la prophétie ? Parle, maudite, ou je t'arrache les yeux !

Gahonne éructa et elle desserra son étreinte. Gahonne leva les yeux vers elle, et lut de la fureur dans son regard, mais aussi de la terreur, et en ressentit une sorte de revanche. Sans lui répondre, elle s'adressa à Garhet.

— Tourne quatre pages, chaman, ordonna-t-elle.

La vieille femme quêta l'approbation d'Amlah. La guerrière grogna un assentiment et elle obéit.

— Lis ! reprit Gahonne.

— « Car la Femme Rouge accompagne... »

— « ... celui qui donne l'espoir, compléta Gahonne. La Femme Rouge protège l'espoir, qui se nourrit d'elle... La Femme Rouge pénètre le secret des univers et libère les forces de Clarté... La Femme Rouge dissipe les ténèbres et rend la vie... »

Un murmure passa sur l'assistance. Gahonne regarda Amlah.

— De quelle couleur étaient mes cheveux avant que tu ne les coupes ?

La guerrière la lâcha et se redressa.

— Ils étaient couleur de feu, cracha-t-elle, comme à regret.

Gahonne soupira avec lassitude.

— Je *suis* la Femme Rouge, murmura-t-elle. C'est *moi* qui dois pénétrer dans le sanctuaire pour protéger mon fils, l'Espoir. C'est *moi* qui dois libérer les hommes de la tyrannie de l'Amshafahr...

Elle mourait de soif. Elle reprit, d'une voix mourante :

— Je connais bien la parole du Livre de Jaar... C'est *moi* qui ai dicté ces textes, dans une autre vie, aux ancêtres de ton peuple, Amlah des Arfalisses !

Gahonne était à tel point épuisée, prisonnière d'une brume de souffrance, qu'elle vit à peine Garhet, le chaman, se dresser, écumante de haine. La vieille lui décocha un coup de pied dans le flanc. Elle n'était guère forte, et le coup ne fit pas plus mal à Gahonne qu'elle n'avait déjà, mais les imprécations de la sorcière lui vrillèrent les oreilles.

— Impie ! Tu oses te moquer du Livre de Jaar ! Pour ça, je vais te crever les yeux, te trancher la langue et les oreilles ! Je vais t'ouvrir le ventre et dévider tes entrailles ! Je vais...

Elle brandissait un couteau de pierre et s'en serait sans nul doute servi si Amlah, la saisissant au poignet, ne l'avait repoussée dans le rang. Mais le regard que la guerrière darda sur sa prisonnière prostrée n'était pas moins meurtrier que ceux du chaman, et les cris de haine de la foule l'accompagnèrent lorsqu'elle parla.

— Vipère ! Tu as tué nos deux sœurs, incité l'une des nôtres à nous trahir, tu veux nous voler notre Sauveur et à présent tu blasphèmes nos textes les plus sacrés ! Nul châtiment ne sera assez dur pour toi !

Utta intervint alors, pour la première fois :

— Elle ne blasphème pas ! cria-t-elle. Elle ne *peut* pas connaître le Livre de Jaar ! Amlah, comment expliques-tu qu'elle récite les phrases sacrées sans se tromper une seule fois, sans même hésiter ?

Amlah parut surprise que la jeune fille l'ait apostrophée. Son visage refléta de la colère. Elle leva le poing.

— C'est toi qui lui as appris les phrases ! cracha-t-elle. Tu as lu en cachette le Livre de Jaar ! Ta trahison n'en est que plus grave. Tu périras dans les mêmes tortures que l'étrangère !

— Non ! cria Utta en secouant la tête dans son carcan. C'est faux ! Je n'ai jamais lu le Livre de Jaar... Amlah, si notre clan exige le prix du sang, je veux le payer ! J'ai trahi... Mais si tu mets à mort Gahonne-la-Rouge, tu commettras une erreur en plus d'une injustice ! Seul, son fils ne pourra rien contre l'Amshafahr ! Épargne-la et elle délivrera...

Elle ne put en dire plus. Amlah l'avait frappée, du dos de la main sur la bouche. Du sang jaillit de ses lèvres fendues.

— Vous mourrez ! hurla la guerrière, le visage déformé par la haine. Vous mourrez toutes les deux et le clan se réjouira d'assister à votre supplice !

Elle sortit, suivie par Garhet. Les guerrières, les enfants, défilèrent silencieusement devant les deux prisonnières, sans lever la main sur elles. Mais leurs regards exprimaient une implacable férocité...

Gahonne et Utta demeurèrent seules.

Un long moment, aucune des deux femmes ne parla. Gahonne se sentait mal. Le sang cognait dans sa tête. Elle serrait les dents pour ne pas hurler, mais des larmes coulaient sur son visage blême. Enfin, la douleur diminua. Elle leva la tête, vit le regard d'Utta dardé sur elle.

— Pourquoi... une telle haine ? murmura-t-elle.

Utta soupira.

— J'étais l'amie de cœur d'Amlah... Je partageais sa demeure, sa couche et ses amours.

Gahonne secoua la tête, emplie d'amertume.

— Je vois...

— Elle est folle de jalousie !

Utta serrait ses poings entravés.

— Lorsque je suis arrivée au village, elle m'a accueillie avec des transports... Mais lorsque je lui ai parlé de toi, tout a changé. Elle est devenue comme folle. Elle m'a battue, accusée d'avoir trahi le clan. Toutes les Arfalisses se sont retournées contre moi. On m'a mise au pilori... Amlah a posté des guerrières avec des flèches lestées de pierres tout autour du village. Elle te voulait vivante...

— Et... et Oïchi ?

— Je ne l'ai pas vu une seule fois. Mais j'ai entendu dire

qu'il se trouvait chez Garhet. C'est elle qui doit se charger de son éducation.

— Son éducation !

Gahonne avait crié, oubliant ses souffrances.

— Je ne veux pas que cette vieille folle l'éduque ! C'est mon fils ! Ce n'est pas un Arfalisse ! Il ne doit pas affronter l'Amshafahr !

Elle se tordit dans son carcan, dans un vain effort pour se libérer, sans autre résultat que de s'ouvrir la peau des poignets. Elle retomba, épuisée. Sa posture lui sciait les reins et les cuisses.

— C'est un cauchemar, gémit-elle. Je vais me réveiller...

— Gahonne... Tu dois être forte. Il ne faut pas leur donner la joie de te voir brisée !

Gahonne fixa son amie, jugulant son début de panique.

— Que vont-elles nous faire ?

Le regard d'Utta fléchit.

— Dans ma tribu, la mise à mort se fait habituellement par noyade dans les eaux du lac... Mais je crois qu'elles vont nous torturer. Elles ont soif de vengeance.

— Ce sont des hyènes !

— C'était mes sœurs...

Le silence retomba, à peine troublé par le crépitement des flammes dans l'âtre. Soudain, Utta releva la tête.

— Comment connais-tu le Livre de Jaar ? demanda-t-elle. J'ai cru que je devenais folle, lorsque je t'ai entendue le réciter !

Gahonne souffla entre ses lèvres.

— Crois-moi ou non, mais ce que j'ai dit est vrai : c'est moi, Gahonne-la-Rouge, dans une autre vie, un autre temps, une autre dimension, qui ai dicté le Livre de Jaar.

— Je ne comprends pas !

— Je ne peux te l'expliquer. Je ne me souvenais même pas avoir jamais entendu parler de ce livre. Pourtant, lorsque votre chaman s'est mise à le lire, tout m'est revenu. J'ai retrouvé le souvenir de ce texte. Je me suis vue, *moi*, en train d'élaborer ces versets, relatant des faits que je savais s'être *déjà* produits... Le Livre de Jaar n'est pas un recueil de prophéties. C'est une chronique.

Utta roulait des yeux emplis d'incompréhension.

— N'oublie pas que je suis une Aramandar, reprit Gahonne. J'ai déjà vécu de pareilles expériences. Je me suis même vue, *moi*, vieille femme à l'article de la mort, et me suis aidée *moi-même*, dans ma lutte contre LYS... Et je me suis fermé les yeux, lorsque j'eus rendu mon dernier soupir.

— Mais...

— La dimension où nous évoluons n'est qu'une parmi une infinité. Barran venait d'une de ces dimensions et il y est peut-être retourné. J'ai détruit un des points de passage entre ces dimensions, mais je sais maintenant qu'il en existe d'autres. J'en ai utilisé un, pour accéder à un univers, d'où j'ai dicté le Livre de Jaar.

— Je... je croyais que tu exagérais, lorsque tu prétendais pouvoir remonter le cours du temps.

— Je n'exagérais pas. Les Aramandars ont le privilège de maîtriser l'espace-temps. Mais ce privilège est aussi une torture. Bien souvent, il m'est arrivé de regretter de n'être pas une femme comme les autres. Ma vie aurait été plus douce.

— Mais... que va-t-il se passer, maintenant ?

Il y avait une note d'espoir dans la voix d'Utta. Gahonne sourit à son amie.

— Je ne suis pas une devineresse, dit-elle. Il faut attendre.

Les heures coulèrent, interminables. Les deux prisonnières s'efforçaient de sommeiller, mais l'inconfort de leur posture les tirait vite du semblant d'engourdissement qui, parfois, s'emparait de leur esprit. Gahonne souffrait toujours de sa tête, et la soif la torturait. Au bout d'un temps indéterminé, une Arfalisse parut, portant une calebasse. Sans délivrer les prisonnières, elle les fit boire. Gahonne reçut l'eau glacée avec l'impression de revivre.

La guerrière repartit et l'attente reprit. A son dos douloureux, à ses cuisses nouées, à la douleur qui la taraudait s'ajouta pour Gahonne un tourment plus subtil, plus intime.

La jeune femme se retenait tant qu'elle pouvait, pour ne pas ajouter l'humiliation physique à ses souffrances morales, mais son ventre était durci de crampes. Lorsqu'elles devinrent insoutenables, elle ferma les yeux et dut bien se laisser aller, dans le gargouillis sonore de ses entrailles. Elle se mit à sangloter de honte.

— On s'en sortira ! siffla Utta. Je te jure qu'on s'en sortira !

Gahonne ne répondit pas. Elle retomba dans son carcan et, enfin, s'endormit.

Une gifle la réveilla. Elle eut un sursaut. Amlah clamait, d'une voix sonore :

— Nettoyez cette truie ! Elle pue !

Les guerrières éclatèrent de rire et vidèrent sur la prisonnière impuissante le contenu de grandes calebasses. Gahonne subit cette douche, se tordant sur elle-même de rage.

— J'ai traversé bien des mondes, hurla-t-elle, et j'ai rencontré bien des pourritures, mais je n'ai jamais connu quelqu'un d'aussi lâche que toi, Amlah des Arfalisses ! Est-ce ton amour déçu pour Utta qui te pousse à t'avilir ainsi ?

Au regard que lui lança la grande femme, elle comprit qu'elle avait touché juste. Amlah gronda, l'empoigna de chaque côté de la mâchoire, serra si fort qu'elle en gémit.

— Je t'ouvrirai le ventre moi-même, chienne d'étrangère, grinça-t-elle. Je déroulerai tes tripes et je ferai en sorte que ça dure si longtemps que tu me supplieras de t'achever !

Pour toute réponse, Gahonne lui cracha au visage. Livide sous ses tatouages, Amlah se redressa, portant la main à son épée. Mais elle se domina et ordonna :

— Emmenez-les !

Elle quitta la pièce à grandes enjambées. Gahonne la suivit des yeux. Jamais de sa vie elle n'avait haï quelqu'un comme elle haïssait cette Amlah ! Pas même Gonther, qui l'avait violée, ou LYS, qui s'était acharné à vouloir la détruire !

Les deux prisonnières furent extraites de leur carcan et mises debout. Ce fut si douloureux qu'elles ne purent retenir des cris étranglés. Les guerrières les poussèrent dehors. Le froid avait empiré et Gahonne, ruisselante, en fut saisie. Elle songea qu'elle ne survivrait pas longtemps. Amlah risquait d'être frustrée du plaisir de la supplicier.

— Avancez, chiennes! gronda une Arfalisse, derrière elles.

Elles obéirent. Malgré la précarité de sa situation, Gahonne ne put s'empêcher d'observer avec curiosité l'agencement des maisons de cette étrange tribu de femmes. Toutes étaient construites sur de hauts pilotis, au-dessus du lac. Elles s'imbriquaient les unes dans les autres sur plusieurs niveaux, délimitant des rues, places et terrasses qui se rejoignaient à l'aide de passerelles ou d'échelles. Les maisons étaient bâties sur le même modèle, longues et basses. Les toits étaient faits de poutres et de branches et, par des orifices sur le faîtage, s'échappaient les fumées des feux domestiques. Chaque fronton était orné de bois de cerf, de crânes d'ours ou de lion, et Gahonne put même apercevoir des crânes humains fichés sur des pieux.

Titubantes sur leurs jambes ankylosées, poussées dans le dos par les pointes des épieux des guerrières, Utta et Gahonne arrivèrent en bordure d'une vaste plate-forme autour de laquelle se pressait le clan, adultes et enfants mêlés. Leur venue fut saluée par un grondement haineux. Gahonne déglutit. Un feu brûlait au centre de la place, sur un lit de pierres plates, et les manches d'instruments de torture dépassaient des braises. Deux chevalets avaient été dressés de chaque côté du foyer.

Assise sur une sorte de trône, Amlah attendait. Ses yeux croisèrent ceux de Gahonne et un sourire cruel étira sa bouche...

CHAPITRE VI

— Gahonne... murmura Utta d'une voix tremblante. J'ai peur !

Gahonne voulut lui répondre, la réconforter malgré l'épouvante qu'elle ressentait elle-même, mais leur escorte les poussa en avant. La foule gronda plus fort, des poings se tendirent, des insultes fusèrent. Quelque chose de gluant traversa l'air et atteignit Gahonne entre les seins. Mais des guerrières s'interposèrent, faisant reculer la populace.

Les deux condamnées furent amenées sous les chevalets, on leur attacha les poignets et elles furent hissées jusqu'à ce que la pointe de leurs pieds effleure à peine le lattage de la place. Le vent congelait leurs corps dénudés, mais les flammes grondantes du feu tempéraient la froidure et Gahonne comprit qu'elle s'était trompée. Pour peu que leur bourreau connaisse son affaire, elles survivraient longtemps.

Elles demeurèrent un moment exposées à la vue du clan, impuissantes sous leur poteau de torture, rôties par-devant et glacées dans le dos, abreuvées d'insultes et de menaces. Puis Amlah se leva et s'avança, roulant des hanches, un air de volupté tragique peint sur ses traits. Elle leva le poing et le silence se fit.

— Arfalisses, clama-t-elle, notre clan réclame justice ! Deux de nos sœurs ont été lâchement assassinées par cette étrangère. (Elle montra Gahonne.) Non contente d'avoir commis ce forfait, cette créature maudite a violé notre territoire dans le but de nous dérober Celui que nous attendions depuis l'aube des temps et qui nous délivrera de la tyrannie de l'Amshafahr !

Un grondement monta. Mais Gahonne hurla, couvrant les voix de la tribu :

— C'est mon fils ! C'est toi qui me l'as volé et tu oses parler de justice !

Amlah ignora l'interruption. Elle poursuivit son discours, montrant cette fois Utta.

— Mais ce qui nous afflige le plus, c'est qu'une des nôtres a failli ! Utta... Utta qui était notre sœur, Utta que nous chérissions dans la tendresse de notre cœur... Utta nous a trahies ! Elle a oublié la loi des Arfalisses et s'est adonnée à une passion honteuse et dégradante en compagnie de la vipère étrangère !

Des cris se firent à nouveau entendre. Amlah attendit, en orateur confirmé, que s'apaisent ces manifestations et reprit, enflant sa voix.

— Arfalisses, il ne peut y avoir qu'une sentence à de tels agissements. Moi, Amlah, votre chef, je la prononce en votre nom à toutes ! La mort... La MORT !

Il y eut un instant de silence et les voix reprirent, tonnantes, tandis que des armes étaient brandies, que des poings se levaient, que des talons frappaient en cadence le plancher des terrasses.

— La mort ! La mort ! La mort !

Amlah attendit quelques secondes, puis se tourna vers Gahonne, un rictus découvrant ses dents.

— Les Arfalisses ont jugé, chienne ! siffla-t-elle. Apprête-toi à souffrir comme tu n'as jamais imaginé que tu souffrirais...

Elle se pencha et ramassa, dans le feu, une longue et fine pointe rougie...

Un filet de sueur glacée dégoulinant le long de son dos, Gahonne regarda la guerrière qui s'approchait lentement d'elle, agitant son instrument de torture en direction de son visage.

— Amlah des Arfalisses, cria-t-elle soudain, je vais mourir de ta main... Mais auparavant, entends mon ultime supplique !

Étonnée, Amlah s'immobilisa. Gahonne pouvait lire sur son visage le désir qu'elle avait de la supplicier, son impatience d'amoureuse trompée. Mais elle était également chef de tribu. A ce titre, elle se devait de l'écouter.

— Parle, maudite ! cracha la guerrière.

— Je te demande de me laisser voir mon fils une dernière fois !

Amlah arqua les sourcils, s'étant sans doute attendue à n'importe quoi, sauf à ça. Une ombre de contrariété voila son visage. Gahonne reprit, véhémente :

— J'en appelle à toutes les mères ici présentes ! Laquelle aurait le cœur assez endurci pour interdire, à l'heure de sa mort, à une autre mère de voir son enfant ? Si vous n'accédez pas à ma requête, c'est que vous n'êtes pas dignes de vivre libres à la face du soleil, et mon fils ne vous délivrera jamais de la tyrannie qui vous pèse ! Vous serez maudites jusque dans votre plus lointaine descendance !

Elle se tut, son cœur battant à se rompre, fixa Amlah. La guerrière hésitait, manifestement irritée par sa prière. Mais, dans la foule, une voix monta :

— Elle a raison, Amlah ! qu'elle voie son enfant !

D'autres voix firent chorus. Amlah siffla entre ses dents, haineuse.

— C'est bon, vipère ! grinça-t-elle. Tu vas voir ton enfant ! Mais ne crois pas que je serai gênée de t'écorcher vive sous ses yeux ! Ton fils est déjà un Arfalisse. Il t'aura vite oubliée !

Elle aboya un ordre et une guerrière s'éloigna en courant, en direction d'une hutte. Un silence pesant s'installa sur l'esplanade. Amlah dévisageait les deux prisonnières et serrait sa pointe encore rouge. Utta sanglotait doucement. Gahonne attendait, la bouche sèche.

Un murmure monta. Gahonne tourna la tête. Elle vit Garhet, le chaman.

Elle tenait Oïchi dans ses bras.

Un flot de larmes jaillit des yeux de Gahonne. Son cœur fut déchiré. Oïchi jouait avec la tresse blanche de la sorcière. Lui-même avait été tondu et il ne subsistait plus de ses cheveux qu'une touffe rousse en haut de son front, qui deviendrait sa propre mèche tribale. Il poussa un gazouillis et sembla seulement réaliser qu'il se passait quelque chose. Il tourna vers la foule un regard étonné et son petit visage se fit attentif.

— Oïchi... murmura Gahonne d'une voix tremblante. Mon petit...

Elle n'avait pas parlé très fort, et sans doute l'enfant ne l'avait pas entendue. Pourtant il tourna immédiatement les yeux dans sa direction et l'aperçut. Gahonne lut sur ses traits qu'il devait faire un effort pour la reconnaître. Comment aurait-il pu identifier sa mère dans ce corps pendant au bout d'une corde, couvert d'ordures et d'ecchymoses, le crâne rasé ?

Pourtant, brusquement, son visage se convulsa. Il s'agita violemment entre les bras de Garhet et cria, de toutes ses forces :

— Maman ! Maman !

Avec une énergie désespérée, Gahonne tira sur ses liens, essayant de se libérer.

— Oïchi ! répondit-elle. Mon fils !

L'enfant hurlait et se débattait, faisant tout son possible pour échapper à l'étreinte du chaman. Il ferma ses petits poings et frappa rageusement la vieille femme à l'œil. Garhet poussa un cri de douleur et le laissa tomber. Il roula sur le lattis, se releva et courut vers Gahonne en tendant les bras. Une guerrière se précipita pour le saisir, mais, avec une agilité inattendue, il lui échappa. Des cris retentirent. Amlah écarta les bras pour lui barrer le passage. Il plongea entre ses jambes et, avec l'énergie du désespoir, se cramponna à la cuisse nue de sa mère. Gahonne pleurait et hurlait. Le contact des mains de son fils produisit comme un courant de feu dans son corps. Instinctivement, elle referma ses jambes autour de lui, comme pour se l'approprier. Utta considérait la scène avec des yeux agrandis de stupeur.

— Maman ! Maman ! criait l'enfant.

Amlah était blanche de rage. Tandis que la foule éclatait en imprécations, elle dégaina son épée.

— Maudite punaise ! gronda-t-elle en levant son arme.

Mais son geste avorta. Un grondement sourd montait du lac et faisait trembler les huttes sur leurs pilotis. Les flammes du feu vacillèrent, des femmes hurlèrent de terreur. Garhet le chaman se recroquevilla sur elle-même, couvrant sa tête de ses bras maigres.

Tandis qu'Amlah titubait, comme souffletée par un violent ouragan, Gahonne, les yeux exorbités, vit se former, au-dessus du village lacustre, la monumentale et impalpable perspective de la Porte de Flamme.

Cela faisait deux années que Gahonne-des-Aramandars n'avait plus assisté à ce spectacle hors de la raison humaine. Elle avait cru ses pouvoirs évanouis et, en vérité, elle ne savait pas s'ils lui étaient revenus ou si elle perdait l'esprit. Elle avait détruit le symbole perverti de cette Porte. Comment l'enchantement pouvait-il se reproduire ?

Pourtant elle contemplait bien les piliers de feu, l'arche qui ouvrait sur les raccourcis entre l'espace et le temps, les univers, les probabilités. Elle se sentait irrésistiblement attirée vers ce vide prodigieux, retrouvait un sentiment de sécurité, de plénitude, presque de bonheur, qu'elle n'avait plus connu depuis la disparition de Barran.

Elle baissa la tête vers Oïchi. Son fils avait levé le visage vers la Porte et un sourire radieux illuminait ses traits. Alors elle comprit. Ce n'était pas elle qui avait appelé la Porte de Flamme.

C'était Oïchi !

Ce fut pour Gahonne une révélation. Ses pouvoirs ne lui étaient pas revenus. Ils étaient passés dans l'esprit de son fils. C'était lui, l'Aramandar, le détenteur du secret des univers. D'instinct, dans le bouleversement de son âme, comprenant que sa mère était en danger, il avait réagi de la seule façon qu'il lui était possible de faire, et sans aucun raisonnement élaboré. Il avait projeté sa volonté à travers l'espace et fait se recréer le symbole protecteur entre tous : la Porte.

Mais Gahonne n'eut pas le temps d'épiloguer sur cette extraordinaire révélation. Alors que les Arfalisses se débandaient en hurlant de terreur, Amlah, qui avait paru frappée par la foudre, s'était retournée vers elle.

— Sorcière ! gronda la guerrière. Je vais faire voler ta tête jusqu'au fond des eaux du lac !

Elle leva son épée. Malgré elle, Gahonne rentra sa tête entre ses épaules.

— Non ! cria Utta.

Gahonne vit la lame de bronze étinceler, le rictus de folie d'Amlah...

Et puis elle vit la langue de feu, jaillissant de l'arche, qui fondait sur l'Arfalisse et la perçait, telle une pointe de lance, en pleine poitrine.

Amlah tituba. Elle ouvrit la bouche, mais aucun son ne franchit ses lèvres. Ses yeux s'agrandirent de stupéfaction. Sa main s'ouvrit et son épée chut sur le lattis de bois. Elle fit un pas, puis bascula lourdement en avant. Elle se tordit dans une ultime convulsion et s'immobilisa, aux pieds de Gahonne.

La jeune femme avait assisté au phénomène sans en croire ses yeux. Son esprit était bloqué par la stupeur. Mais il se réveilla lorsque la langue de feu ondula vers elle.

— Dé... délivre-moi, Oïchi ! balbutia la jeune femme.

Oïchi eut un petit rire et fit un geste. Les flammes s'enroulèrent autour des poignets de Gahonne. La corde qui les retenait céda. Gahonne s'effondra sous son chevalet. Oïchi poussa un cri et se jeta sur sa mère, l'enlaçant de toutes ses forces. Gahonne referma ses bras sur lui, frotta son visage contre le sien, le couvrit de baisers et de larmes.

— Mon chéri, souffla-t-elle entre deux sanglots. Mon fils... Tu m'as sauvé la vie !

Oïchi criait et s'esclaffait tout à la fois. Son regard se fondait dans celui de sa mère. Il effleura son crâne rasé et rit encore plus fort.

Gahonne se releva péniblement. Sans lâcher son fils, elle ramassa l'épée d'Amlah. La Porte de Flamme s'était effacée, aussi soudainement qu'elle était apparue, et il n'en subsistait plus qu'une vague luminosité.

— Ga... Gahonne ! appela Utta.

Gahonne se dirigea vers elle. Il n'y avait plus aucune Arfalisse sur la place, à l'exception de Garhet, tremblante, qui invoquait ses dieux dans l'attente, sans doute, du coup de grâce. Gahonne résista à l'envie de lui cracher dessus. D'un seul coup d'épée, elle trancha les liens de son amie. Comme elle, Utta s'effondra en gémissant.

Gahonne se pencha sur elle.

— Lève-toi ! Nous ne sommes pas tirées d'affaire !

Utta se mit debout. Les deux femmes tremblaient de froid, malgré le feu. Gahonne en revint à la prêtresse.

— Debout, Garhet-le-chaman ! ordonna-t-elle.

La vieille se contenta de gémir plus fort. Avec haine, Utta lui décocha un violent coup de pied dans les côtés.

— Debout, charogne ! cria-t-elle.

Garhet leva un visage déformé par l'angoisse et se mit à genoux. Gahonne brandit son épée.

— Pitié, puissante magicienne ! implora le chaman.

— Tu ne mérites aucune pitié ! gronda Gahonne. Le peuple entier des Arfalisses ne mérite pas de pitié ! Vous m'avez volé mon fils, vous m'avez torturée, vous avez renié Utta, votre sœur, vous vous apprêtiez à nous mettre à mort ! Mais tu as pu constater mon pouvoir ! Vous avez toutes pu le constater.

Garhet claquait des dents. Ses yeux allaient du visage implacable de Gahonne à la lame de l'épée, et au cadavre d'Amlah.

— Je pourrais vous anéantir ! Anéantir les mâles de votre clan, vos fils et vos filles, et faire en sorte que le peuple arfalisse n'ait jamais existé à la surface de cette Terre... En vérité, j'ai grande envie de le faire ! J'ai soif de vengeance et mon cœur déborde de fiel !

— Pitié, répéta Garhet. Nous ne pouvions savoir...

— Mais oui, rétorqua Gahonne avec mépris. Vous ne pouviez savoir et vous vous êtes laissé entraîner par Amlah... Vos excuses sont toutes prêtes !

Elle soupira, dégoûtée, abaissa son arme.

— Écoute-moi, Garhet. Écoute-moi bien... Tes sœurs et toi allez nous donner des vêtements chauds, des provisions, des armes, et me rendre mon cheval. Nous partons, Utta et moi...

— Mais... voulut intervenir Utta.

— Nous partons ! répéta Gahonne, élevant la voix. Nous allons affronter l'Amshafahr. La prophétie se réalisera. Mon fils vous libérera de votre joug, vous pourrez à nouveau vivre avec vos hommes, dans la paix et le bonheur... Et vous garderez le souvenir de celle qui est venue, que vous avez traitée ignominieusement, et qui se battra tout de même pour vous !

Garhet la regardait, le visage stupide.

— Va ! cria Utta.

La vieille détala, agitant ses bras squelettiques.

— Viens, dit Gahonne à Utta, montrant la hutte où elle avaient été gardées prisonnières. Il fait trop froid pour demeurer sur cette plate-forme battue par le vent !

*
**

Gahonne et Utta se retournèrent, contemplant une dernière fois le village lacustre, de l'autre côté du lac Ashkial. Seules les fumées, s'élevant au-dessus des toits, trahissaient que la vie ne s'y était pas arrêtée.

Les jeunes femmes restèrent un moment silencieuses. Leur haleine se condensait en nuage au sortir de leurs narines. Elles disparaissaient toutes deux sous d'épais vêtements de fourrure, don des Arfalisses, elles avaient remonté leurs capuches sur leurs têtes rasées. La neige avait cessé de tomber au bout de trois interminables journées. Interminables pour elles, mais aussi pour le clan maté, mais hostile. Dès l'embellie, elles étaient parties. Elles n'auraient pu rester une heure de plus chez leurs ennemies.

Gahonne pouvait voir des larmes briller dans les yeux de sa compagne. Elle posa sa main gantée d'une énorme moufle sur son épaule.

— Ne sois pas malheureuse, dit-elle. Nous ne pouvions agir autrement.

— Je ne suis pas malheureuse ! répliqua farouchement Utta. Je me demande même pourquoi tu n'as pas déchaîné tous les feux de l'enfer sur ces chiennes !

— Tes sœurs, Utta...

— Elles m'ont reniée ! Je n'ai plus rien à voir avec elles ! A présent, ma vie est avec toi !

Gahonne sourit et se tourna vers Chataham. Le petit cheval soufflait, attelé au travois où elles avaient empilé leurs affaires, formant un nid au milieu duquel trônait Oïchi.

— Ma vie risque d'être agitée, tu sais...

— La mienne le sera donc ! Je préfère ça à l'ennui !

Utta se pencha, assura ses raquettes et saisit la longe de Chataham.

— Où allons-nous ? demanda-t-elle.

Gahonne la rejoignit.

— A toi de me le dire !

— Comment ça ?

— Il faut que nous trouvions une caverne où nous abriter. L'hiver est là et, malgré nos fourrures, il nous tuera si nous restons à découvert.

Utta réfléchit un moment.

— Je crois savoir où trouver une caverne. Il y a des collines à deux jours de marche vers le nord et on raconte que nos ancêtres y vivaient... Mais les Arfalisses connaissent ces monts. Elles vont se douter que c'est là-bas que nous nous réfugierons. Tu ne crains pas qu'elles nous y pourchassent ?

— Après ce qui s'est passé au village, je doute qu'elles veuillent à nouveau se frotter à nous ! De toute façon, tu m'as dit qu'à la mauvaise saison, elles restent calfeutrées chez elles. D'ici que revienne le printemps, il se sera passé bien des choses !

— Oui... Et puis nous n'avons pas le choix !

Elles ne l'avaient effectivement pas. Elles se mirent en route, se frayant un passage difficile à travers la neige molle.

Elles marchèrent tout le jour. Leur progression les épuisait, surtout après les mauvais traitements qu'elles avaient subis. De sourdes douleurs taraudaient leurs muscles. Elles auraient voulu pouvoir se coucher par terre et dormir, mais savaient que dormir, c'était mourir. Aussi, méprisant la fatigue, s'accrochant parfois à la queue de Chataham pour se laisser tirer dans les passages les plus difficiles, elles continuèrent. A la fin de la journée, à travers un clair crépuscule d'hiver, elles purent apercevoir des monts s'élevant au-delà de la frange sombre de la forêt.

— Demain, nous allons rencontrer une rivière, dit Utta. Elle sera prise par les glaces. Nous avancerons plus facilement.

— J'en accepte l'augure ! souffla Gahonne tout en désharnachant Chataham. Fais du feu pendant que je monte la tente !

Gahonne établit leur abri et s'affaira ensuite à en construire un pour Chataham. Avec sa fourrure longue et épaisse, le petit cheval craignait moins que les humains les rigueurs de l'hiver, mais Gahonne ne voulait prendre aucun risque. Chataham était son compagnon depuis si longtemps ! Elle l'aimait comme elle aurait aimé une créature humaine.

Lorsque Gahonne en eut terminé, un bon feu crépitait, et de la neige fondait dans une calebasse, pour la soupe à la graisse. La jeune femme s'occupa de son fils, qui faisait des grâces à Utta, tout heureux de découvrir une tête nouvelle.

— Que tu es laid, mon petit garçon, avec ton crâne rasé ! s'exclama la jeune mère, en extase.

Utta protesta bruyamment :

— Moi, je ne trouve pas ! Tous les enfants arfalisses sont comme ça ! Même toi, je te trouve belle ! Plus qu'avant. Ça me gênait, tous tes cheveux ! Je n'avais pas l'habitude.

Gahonne effleura son crâne.

— En tout cas, ça fait froid !

Elles mangèrent, puis se blottirent sous leur tente, se serrant l'une contre l'autre, Oïchi entre elles deux.

— Mais qu'est-ce qui s'est passé, au village ? demanda enfin Utta. C'est ta magie qui a provoqué ce sortilège ?

Gahonne regarda son fils, qui tétait son pouce en les observant, curieux de se trouver avec deux femmes là où, jusqu'alors, il n'en avait vu qu'une.

— Ce n'est pas moi. C'est lui...

— Lui ?

— Oui. Il a hérité de mes pouvoirs. Lorsqu'il m'a sentie en danger, il a appelé la Porte de Flamme. Votre prophétie est exacte. Il vaincra l'Amshafahr... Mais je serai à son côté pour l'aider.

— Est-ce bien toi qui as écrit le Livre de Jaar ?

Gahonne eut un petit rire.

— Qui l'ai dicté à quelqu'un, corrigea-t-elle. Je ne sais ni lire ni écrire. Chez les Latahïrs, ces arts étaient jalousement réservés aux prêtres !

— Moi, je sais lire et écrire ! se rengorgea Utta. A qui as-tu dicté le Livre ?

— Je ne sais pas... je n'en ai même aucune idée.

— C'est incroyable !

— C'est comme cette révélation que j'ai eue, l'espace d'un instant, de l'Amshafahr. Tout s'est effacé... Peut-être que ça me reviendra... De toute manière, nous avons des soucis plus immédiats !

— C'est vrai !

Utta caressa les joues d'Oïchi, puis le crâne de Gahonne.

— Dors bien, mon aimée, souffla-t-elle.

Gahonne se pencha, embrassa son fils, puis posa ses lèvres sur la bouche de sa compagne.

— Dors bien toi aussi, mon Utta !

Elles levèrent le camp à l'aube, alors qu'il tombait une neige fine et glacée. Gahonne avait mal dormi, malgré sa fatigue de la veille, torturée par de mauvais rêves où elle voyait Oïchi affrontant de sinistres créatures, lesquelles avaient les visages d'hommes qu'elle avait autrefois connus, et qui lui avaient fait du mal. Elle avait également rêvé de Barran, ce qui ne lui arrivait plus souvent...

Utta marchait en tête. Elle tendit tout à coup le bras, montrant une étroite étendue dégagée qui s'enfonçait dans la forêt.

— La rivière gelée ! exulta-t-elle. Elle va nous mener aux collines !

Elles sondèrent prudemment la glace. Celle-ci leur parut suffisamment solide pour qu'elles s'y aventurent, restant néanmoins assez près de la rive pour pouvoir échapper à la noyade en cas d'accident. Mais la glace tint bon et, la neige cessant de tomber vers le milieu de la matinée, elles purent avancer assez facilement.

La journée s'écoula sans que rien de notable se produise, si ce n'est que les deux femmes découvrirent la carcasse à demi dévorée et gelée d'un élan. Inspectant la neige tachée de rouge, Gahonne maugréa :

— Il y a des loups, dans cette partie de la forêt.

— Espérons que nous ne les rencontrerons pas, soupira Utta.

Elles ne les rencontrèrent pas. Enfin, alors que s'annonçait le crépuscule, elles aperçurent une longue barre rocheuse, qui dominait la rivière de plus de cent coudées.

— Voilà ! dit Utta. Les grottes doivent se trouver plus haut vers l'amont.

— Dépêchons-nous d'en trouver une !

Elles s'enfoncèrent à travers bois, tirant Chataham qui avançait difficilement, gêné par l'épaisseur de la neige et l'encombrement de son travois. Elles atteignirent le pied de l'escarpement et le suivirent, profitant des ultimes lueurs du jour pour essayer de trouver leur abri.

— Là ! s'écria enfin Utta, montrant une fissure, presque dissimulée derrière un bosquet de bouleaux.

Se souvenant de leur rencontre avec l'ours, Gahonne saisit un épieu et s'avança prudemment. Elle dut se frayer un chemin à travers un roncier enneigé pour accéder à la caverne. Elle se confectionna une torche, l'alluma et éclaira l'anfractuosité. Elle ne nota aucune trace fraîche trahissant la présence d'un fauve. L'entrée de la caverne était étroite et décrivait un coude, mais, aussitôt après, le boyau s'évasait, formant une salle basse, au sol bien sec et relativement plat.

— Je crois que ça ira, dit la jeune femme en ressortant de la grotte.

Utta considérait la sombre fissure avec une anxiété évidente, mais elle n'objecta rien. Les deux femmes défirent le travois de Chataham et guidèrent l'animal à l'intérieur du boyau, ce qui n'alla pas sans mal. Puis elles firent plusieurs voyages pour mettre leurs bagages à l'abri. Enfin, Gahonne ficha sa torche en terre.

— Nous sommes chez nous ! dit-elle. Demain, nous aménagerons cette caverne. Je vais faire du feu !

Elle alluma le foyer dans l'entrée de l'abri, se souvenant que, chez les Latahïrs, il s'agissait là d'une cérémonie importante. Elle crut apercevoir des lueurs, dans l'obscurité. Des yeux de loups, sans doute. Mais cela ne l'inquiéta pas. Elles avaient trouvé un refuge, et son moral remontait. Elle s'assit sur un rocher, rabattit sa capuche sur ses épaules et s'attarda à contempler la neige, qui tombait à nouveau dru.

Autrefois, quand elle était enfant, en de semblables moments sa mère s'asseyait auprès d'elle, lui grattait le dos, l'épouillait, et elle savourait ces attouchements quasi animaux. A présent, elle n'avait plus de poux, elle-même était devenue mère, mais une sourde nostalgie l'habitait. Ce monde n'était qu'une apparence. En ce même instant, dans d'autres univers, des civilisations prétendument évoluées vivaient une autre évolution. Des humains traversaient les cieux à bord de machines volantes. D'autres élaboraient des armes dont la puissance défiait l'imagination !

Et Barran... Dans quelle probabilité se trouvait-il, s'il existait encore ? L'attendait-il, aussi désespéré qu'elle l'était elle-même ? Savait-il qu'il avait un fils ? Un fils qui lui ressemblait... Un fils qui devait accomplir un prodige. Un fils à qui des femmes barbares avaient coupé les cheveux...

Une main se posa sur son épaule.

— Tu rêves ? demanda Utta.

— Non... Je songeais à ce qu'allait devoir accomplir Oïchi.

Utta s'installa auprès d'elle.

— Justement ! Qu'est-ce qu'il va devoir accomplir ?

— Si je le savais ! En premier lieu, il va nous falloir trouver le sanctuaire de l'Amshafahr. As-tu une idée d'où il se cache ?

Utta fit la moue.

— Je connais certaines légendes. Mais...

Utta posa sa main sur celle de Gahonne.

— Pourquoi ne pas attendre tranquillement le retour du printemps et nous en aller dans un pays où nul n'a jamais entendu parler de l'Amshafahr ? Nous y vivrions heureuses, toi et moi. Tu élèverais ton fils et...

Gahonne secoua violemment la tête.

— C'est impossible, Utta, répliqua-t-elle avec colère. Fuir ne me préservera pas de devoir affronter ma destinée. Je peux la vaincre, la forger selon ma volonté, mais pour cela, je dois me battre... C'est peut-être la seule chose que j'ai apprise depuis que je suis venue au monde...

Elle serra le poing.

— Que je dois me battre !

CHAPITRE VII

Les deux jeunes femmes ne purent que se féliciter d'avoir trouvé cette caverne, même si elle n'était pas très spacieuse. Gahonne eut tôt fait de l'aménager confortablement. Une fissure dans la voûte, près de l'entrée, permit d'évacuer les fumées et par conséquent d'installer le foyer à l'intérieur de l'abri, et non pas à l'extérieur, ce qui était plus pratique. Le foin de Chataham et les provisions de grain et de viande furent entreposés sur une claie de fortune, dans un recoin bien sec. Un autre coin servit d'écurie pour le cheval et Gahonne disposa fourrures, sacs de cuir et harnais dans un troisième de façon à confectionner une litière moelleuse. Entre deux bourrasques, une expédition permit de ramener une provision de bois qui servit à la fois de réserve pour le feu et de barricade à l'entrée de la caverne.

— Voilà, dit Gahonne lorsque les aménagements furent terminés. Il ne nous reste plus qu'à attendre que le temps s'améliore.

Car il neigeait, en effet, et de plus en plus dru. Cela dura dix jours et dix nuits sans discontinuer. Gahonne et Utta prirent leur mal en patience, ne mettant le nez dehors que pour évacuer la litière souillée de Chataham et faire leurs propres besoins. A l'époque où Gahonne vivait chez les Latahïrs, cette période était celle où les femmes tannaient, cousaient ou brodaient les peaux pour fabriquer vêtements, chaussures, bonnets, tressaient des paniers, triaient les herbes récoltées à la belle saison, ou s'occupaient d'elles-mêmes, se faisant coquettes, s'inventant des coiffures, et surtout bavardaient, cancanaient à propos de femmes d'autres tribus, et, baissant la voix, commentaient les prouesses viriles de leurs époux, lesquels, de leur côté, parlaient chasse ou guerre. Tout cela éloignait l'ennui et faisait couler les heures. Mais dans leur caverne, Gahonne et Utta n'avaient ni peaux, ni joncs, ni aiguilles d'os ou de silex, ni tendons étirés, ni fibres végétales. Elles demeuraient de longues heures à paresser, enfouies dans leurs fourrures, jouant avec Oïchi, se racontant des légendes de leurs tribus, ou évoquant ce qu'elles feraient lorsque l'été serait là et qu'elles pourraient à nouveau courir le monde — après avoir mis l'Amshafahr hors d'état de nuire, bien sûr !

— Nous trouverons un lac, dit Utta, peuplé de loutres et de castors. Je bâtirai notre hutte, tu chasseras. Nous tannerons les peaux et nous les vendrons très cher au rassemblement des tribus. J'y rencontrerai les Arfalisses et elles devront me céder le passage, car je serai devenue une guerrière redoutée !

Gahonne s'amusait de cet enthousiasme belliqueux.

— Tu y rencontreras aussi les hommes de ton clan et l'un d'eux tombera sans doute amoureux de toi.

Utta fit la moue et se gratta entre ses petits seins.

— Ça ne m'intéresse pas, dit-elle d'un ton sec. C'est toi, que j'aime, et je ne veux pas d'homme !

— Mais il t'en faudra bien un, si tu veux avoir un enfant !

— Je ne veux plus d'enfant ! Je suis la seconde mère d'Oïchi !

Émue, parce qu'elle pouvait effectivement constater chaque jour que son amie s'était prise d'une affection quasi maternelle pour le bambin, Gahonne saisit la main d'Utta.

— Un jour, tu en voudras un. C'est tout naturel.

— Je ne suis pas pressée ! Je n'ai que quatorze ans !

Comme si elle découvrait seulement un problème inattendu, Utta demanda :

— Et toi, quel âge as-tu ?

Gahonne dut faire un effort de réflexion. Le temps avait coulé si vite, ces dernières années.

— Je crois que j'approche de mes vingt.

Utta eut une petite moue.

— Évidemment, c'est assez âgé... Je comprends que tu aies eu un enfant. En tout cas, moi, pour le moment, je n'en veux pas. Ce que je veux...

Utta rampa vers son amie. Gahonne jeta un bref regard en direction d'Oïchi. Son fils dormait dans son berceau. Les deux femmes avaient bien évidemment pris l'habitude de s'étreindre, échangeant des caresses passionnées, mais Gahonne ne voulait pas qu'elles le fassent lorsque son fils pouvait les voir. Une sorte de pudeur la retenait. Par contre, lorsque Oïchi dormait, elle se laissait aller sans réticence.

Avec un gloussement de bonheur, Utta s'appliqua à la rendre heureuse. La violente sensualité de la jeune Arfalisse s'embrasait de passion. Elle exigeait autant qu'elle donnait et, parfois, Gahonne s'effrayait de tels débordements. Mais son propre corps réclamait lui-même, ardemment, l'assouvissement amoureux et elle ne tardait pas à faire fi de toute réserve, rendant au centuple ce qu'elle recevait.

Avec un cri qu'elle eut du mal à étouffer, Gahonne s'abandonna au plaisir. Lorsque son corps s'apaisa, elle regarda longuement Utta, qui avait posé sa tête sur son ventre.

— Viens sur moi, souffla-t-elle. Je veux t'aimer aussi !

Avec un petit rire excité, Utta se coucha sur elle tête-bêche, lui offrant la fleur étroite et presque glabre de sa fente. Elle sentait bon la femme amoureuse. Cela fouetta les sens de Gahonne. Des doigts, de la bouche, elle prit possession de cette chair nacrée à la saveur douce...

A l'instant où Utta, à son tour, recevait le plaisir, elle songea que sans doute seule une femme pouvait aussi bien donner du bonheur à une autre femme... Et pourtant il lui manquait quelque chose. Crûment, elle évoqua la raideur et le volume du pieu de Barran, lorsqu'il coulissait à l'intérieur de son ventre. Elle sut que l'amour féminin ne la satisferait jamais pleinement...

Il fallait qu'elle retrouve Barran. Pour *ça* aussi !

⁂

La neige cessa enfin de tomber. Avec une impatience fébrile, les deux femmes se vêtirent de leurs plus chaudes fourrures et ajustèrent sur leur visage les masques de cuir percés de deux étroites fentes, qui leur éviteraient d'être aveuglées par la réverbération du soleil sur la neige. Elles déblayèrent les congères qui s'étaient accumulées à l'entrée de leur abri et, enfin, se retrouvèrent dehors !

Elles contemplèrent longuement le paysage. Un soleil éblouissant se reflétait sur le champ de neige. La forêt semblait figée, et les reliefs étaient adoucis par le blanc moutonnement. A peine pouvait-on distinguer le cours de la rivière à sa platitude. Quand Gahonne parla, le son de sa voix fut étouffé.

— Il va falloir attendre encore quelques jours, dit la jeune femme, pour que la neige soit tout à fait gelée. Sinon, même avec nos raquettes, nous nous enliserions !

La réponse d'Utta fut... une boule de neige, qu'elle reçut en pleine figure. Avec un rire, elle riposta et, bientôt, les deux amies se livrèrent à une bataille en règle, se poursuivant et s'aspergeant, heureuses de se défouler après leur long confinement.

Mais elles reprirent vite leur sérieux.

— Y a-t-il du gros gibier, dans la région ? demanda Gahonne à son amie.

— En cette saison, on peut trouver des bœufs musqués, un peu plus haut vers le nord. Pourquoi ? Tu as envie de chasser ?

— Utta, nos provisions s'épuiseront tôt ou tard. Il vaut mieux songer à les renouveler avant d'en manquer... En attendant, trouvons un champ de neige pas trop épais, où déblayer une prairie pour Chataham. Il n'est pas difficile, mais son foin ne lui suffira pas pour tout l'hiver... Et puis il faut que nous nous occupions. Sinon nous allons finir par devenir folles !

— Moi, je suis déjà folle de toi ! gloussa Utta. Je veux bien rester tout l'hiver dans cette caverne, si c'est dans tes bras !

***

Elles attendirent une semaine supplémentaire et, le froid se faisant encore plus vif, la neige gela effectivement, supportant leur poids et même celui de Chataham. Comme Gahonne l'avait dit, elles dégagèrent, dans un repli abrité, la pâture de Chataham, et le cheval parut apprécier de trouver de l'herbe et des lichens pour varier son menu.

Puis Gahonne mena plusieurs expéditions à travers leur nouveau territoire. Elle se montrait particulièrement attentive aux traces que laissaient les animaux dans la neige. Il lui apparut que la région était giboyeuse et, à la veillée, elle se mit en devoir de confectionner des pièges. Utta la regardait faire avec intérêt. Les Arfalisses n'étaient pas un peuple de chasseurs, mais tout ce que faisait son amie la passionnait. Elle l'accompagna lorsqu'elle alla poser ses pièges, puis lorsqu'elle alla les relever. La chasse n'avait pas été excellente, Gahonne ne connaissant pas encore suffisamment les habitudes des animaux de cette forêt. Elle avait néanmoins capturé deux martres, une hermine, un castor et surtout un énorme lièvre des neiges, qui fournit aux deux jeunes femmes et à Oïchi leur premier repas de viande fraîche depuis longtemps. Les peaux furent tendues sur des cadres, la graisse du castor soigneusement emballée, mais tout cela n'était que mise en train.

— Où se trouvent les bœufs musqués? demanda Gahonne à Utta, un matin que la jeune Arfalisse revenait de la rivière où elle était allée pêcher à travers la glace.

— On peut en voir là où la forêt fait place à la toundra, répondit Utta en déposant le produit de sa pêche, trois ombles, sur le sol.

— Il va être temps de se mettre en chasse.

Il s'agissait d'une expédition de longue durée, et Gahonne

la prépara soigneusement. Son principal point d'interrogation était le temps. Il faisait très froid, mais beau, et le soleil brillait dans un ciel sans nuages. Utta l'avait assurée que cela pourrait durer plusieurs jours, mais Gahonne savait d'expérience que la tempête pouvait arriver très vite. Gare à elles si elle les surprenait loin de leur caverne !

Il fallait pourtant tenter l'aventure. Deux jours plus tard, elles se mirent donc en route, Chataham tirant un travois allégé où trônait Oïchi. Les deux femmes emportaient arcs, flèches et épieux.

Elles suivirent la rivière jusqu'à ce que la forêt s'efface devant la steppe qui, là comme ailleurs, s'étendait jusqu'au front des glaciers septentrionaux. Elles s'engagèrent à travers l'immense champ de neige gelé sillonné de congères et de crevasses. Malgré leurs raquettes, la progression n'était pas facile, et moins encore pour Chataham, dont les sabots plus étroits que ceux d'un renne, bien qu'emmaillotés dans des chausses de cuir, portaient mal sur la croûte glacée. Le petit cheval s'enlisait parfois jusqu'au poitrail, et les deux femmes devaient le désentraver et s'échiner à le tirer de sa mauvaise posture. Malgré cela, le moral des voyageuses était bon. Tout valait mieux que la claustration et l'ennui.

Le soir tomba alors qu'elles se trouvaient à l'orée d'une maigre forêt de mélèzes rabougris. Elles firent du feu, dressèrent leur tente, tandis que Chataham grattait la neige à la recherche de lichens.

— Parle-moi du sanctuaire de l'Amshafahr, dit tout à coup Gahonne à Utta. Quelles légendes connais-tu à son sujet ?

— On dit qu'il se trouve au sein d'une montagne de cristal, si élevée que son sommet se perd dans les nuées, répondit la jeune Arfalisse.

Instinctivement, Gahonne inspecta l'horizon du regard. Mais il faisait déjà nuit et elle ne put voir aucune montagne. Sa mimique n'avait pas échappé à Utta, qui gloussa de rire.

— Cette montagne n'apparaît aux hommes que lorsque l'Amshafahr le veut bien. Le reste du temps, elle appartient au monde de l'invisible.

Songeuse, Gahonne ramassa une poignée de neige, la regarda fondre dans sa main.

— Une montagne de cristal, marmonna-t-elle. La neige gelée, la glace... Cela peut évoquer le cristal... La Porte de Flamme aussi appartient au monde de l'invisible et n'apparaît aux hommes qu'en certaines circonstances.

— Qu'est-ce que tu racontes ?

Gahonne dévisagea son amie.

— Je dis qu'il existe d'étranges similitudes entre ce que tu m'apprends du sanctuaire de l'Amshafahr et ce que je connais, moi, de la Porte.

Elle caressa le crâne d'Oïchi, qu'un duvet recommençait de couvrir — car elle avait refusé, pour son fils comme pour elle, de se plier à la coutume arfalisse de la tonsure, quoique l'en eût priée Utta.

— Est-il arrivé qu'un humain provoque l'apparition de cette montagne ?

— Le Livre de Jaar affirmait qu'un cœur pur peut s'en ouvrir le chemin. Tu devrais le savoir !

Gahonne haussa les épaules.

— Ce que j'ai pu savoir du Livre de Jaar m'est apparu de façon très surprenante. Si j'essaie de me souvenir, rien ne me revient. Mais Oïchi est un enfant, son cœur est pur. Plus j'y songe et plus je me dis que c'est lui, effectivement, qui découvrira le sanctuaire de l'Amshafahr.

— Ce ne semble pas te réjouir.

— Il est si petit ! Il va courir de tels dangers... Si je le perdais...

Elle frissonna. Utta l'embrassa sur la joue.

— Je sais, Gahonne... Tu as affronté ma tribu pour lui. Quand je vois l'amour que tu lui portes, je suis presque jalouse !

La température baissa encore durant la nuit, mais, au petit matin, il faisait plus beau que jamais. La neige était de plus en plus dure, et Chataham avançait plus facilement. La forêt avait définitivement disparu. Vers la mi-journée, les deux femmes aperçurent une meute de six loups. Les fauves les observèrent, humant le vent, mais n'approchèrent pas.

— C'est bon signe, observa Gahonne. Ils n'ont pas faim, sinon ils auraient insisté. Cela veut dire qu'il y a du gibier dans les environs.

Le terrain s'élevait progressivement et, à travers le champ de neige apparaissait le faîte d'arbustes et de buissons. Le vent avait balayé l'immense étendue, la déblayant en partie et Gahonne put relever les empreintes de nombreux gros animaux.

— Ce sont des rennes, dit-elle. Si nous ne trouvons pas de bœufs musqués, nous pourrons nous rabattre sur eux.

— On dit qu'à l'époque de nos ancêtres les rennes recouvraient la terre d'innombrables troupeaux. Mais ceux-ci ont disparu car les dieux voulaient les conserver pour eux seuls.

— Les Latahïrs ont à peu près la même croyance. Beaucoup de cavernes où ils hibernent sont revêtues de gravures très anciennes représentant des chasseurs de rennes.

Elles continuèrent leur marche et tombèrent peu après sur d'autres traces, plus fraîches. Gahonne les examina longuement.

— Ce sont bien des bœufs musqués, dit-elle, les yeux brillants. Nous allons les suivre.

— Tu as souvent chassé ce gibier ? demanda Utta.

Gahonne sourit.

— Jamais ! Chez les Latahïrs, les femmes ne chassaient que le petit gibier, et par la suite je n'ai pas vécu dans les contrées nordiques où se trouvent les bœufs. Mais il m'est arrivé d'entendre les chasseurs du clan raconter leurs exploits.

Elles s'engagèrent sur la piste, cheminant précautionneusement. Le jour s'étira sans qu'elles eussent rejoint leurs proies. Elles durent de nouveau camper, et subirent les assauts d'un froid polaire. Au matin, Gahonne était très inquiète.

— Cela fait trois jours que nous sommes parties, dit-elle. Si nous ne rattrapons pas ce troupeau aujourd'hui, il faudra abandonner et faire demi-tour. Nous ne tiendrons plus longtemps avec une température aussi basse !

Elles reprirent la poursuite. Le jour semblait figé dans une immensité blanche recouverte de silence. Soudain, alors que d'un boqueteau malingre s'envolait une compagnie de perdrix des neiges, des hurlements de loups se firent entendre. Gahonne empoigna son arc, écoutant attentivement. Les cris trahissaient une grande excitation et semblaient provenir d'une ondulation de terrain où menaient les traces du troupeau de bœufs.

— Allons voir, dit la jeune femme. Accroche Oïchi dans mon dos !

Abandonnant Chataham désentravé, Gahonne et Utta s'avancèrent. Les hurlements se faisaient plus nets. A l'approche de la crête, les deux jeunes femmes s'agenouillèrent et avancèrent encore plus prudemment. Gahonne jeta un regard dans la combe.

Les bœufs musqués se trouvaient bien là, assaillis par la bande de loups qu'elles avaient vue la veille. Fidèles à leur tactique ancestrale, les ruminants s'étaient groupés en cercle, les femelles et les jeunes à l'intérieur, les gros mâles opposant à leurs agresseurs la muraille infranchissable de leurs fronts bombés et de leurs cornes aiguës. Les loups tournaient autour du troupeau, aboyant leur rage et leur frustration. Du sang sur la neige révélait qu'ils avaient pourtant dû blesser l'un des bœufs. Mais aucune carcasse ne gisait sur le sol.

Gahonne et Utta reculèrent, échangeant un regard.

— Le vent est pour nous, murmura Gahonne. Va chercher Chataham !

Utta s'exécuta. Lorsqu'elle revint, le petit cheval frémissait, tout excité par la perspective de l'exercice. Gahonne tendit les épieux à sa compagne, ôta ses moufles, ne conservant que ses gants de daim.

— Je vais charger à cheval, dit-elle. Mon intervention devrait faire fuir les loups, au moins pour un moment. Je décocherai mes flèches sur les bœufs, au passage. Tu me couvriras.

Utta acquiesça.

— Si les bœufs se débandent, j'en choisirai un et je le poursuivrai jusqu'à ce qu'il soit mort. S'ils ne se débandent pas, nous ferons du feu et les chasserons à l'aide de torches.

— Tu crois que tu pourras tuer un de ces animaux avec un simple arc ?

Gahonne banda son arme puissante.

— Il me faudra peut-être plusieurs flèches... Au besoin tu m'aideras à les attaquer à l'épieu. Prends bien garde à Oïchi !

— Prends bien garde à toi !

Gahonne tendit son fils à son amie et sauta sur le dos de Chataham. Cela faisait longtemps qu'elle ne l'avait plus monté, et elle retrouva le plaisir de sentir ses flancs arrondis entre ses cuisses.

Elle cligna de l'œil à Utta et talonna sa monture. Au petit trot, elle descendit dans la combe.

Gahonne se souvenait effectivement des récits des chasseurs latahïrs qui avaient pu affronter le bœuf musqué, au hasard de chasses très septentrionales, et qui le décrivaient comme un gibier relativement facile à chasser, du fait de son habitude de s'immobiliser pour faire front lorsqu'il était assailli. Cela pouvait le préserver des loups, mais pas d'humains armés de lances, d'arcs et de flèches. La jeune femme put vérifier la justesse de cette assertion en approchant des animaux. Couchée sur le dos de Chataham pour se dissimuler, elle parvint à moins de vingt toises de ses proies. Les loups avaient cessé leur manège, surpris par l'apparition d'un cheval au milieu de leur carrousel. Tout en les tenant à l'œil, Gahonne encocha une flèche sur son arc. Lorsqu'elle s'estima à bonne portée, elle se redressa brusquement, se découvrant et poussant un tel cri que les loups, comme elle l'avait prévu, s'égaillèrent. En même temps, elle décochait son trait sur un jeune mâle, presque à bout portant. La flèche s'enfonça jusqu'à l'empennage sous la bosse velue de l'animal. Le bœuf poussa un beuglement et, sous l'aiguillon de la souffrance, se rua en avant pour attaquer son bourreau. Chataham avait l'habitude de chasser. Déjà, de lui-même, il avait fait demi-tour. Fébrilement, Gahonne saisit une seconde flèche dans son carquois. Il fallait qu'elle la tire avant que le bœuf ne fasse demi-tour pour regagner la protection du troupeau. Les animaux resserraient les rangs, tandis que les loups revenaient à l'attaque, profitant de la confusion. D'une pression des jambes, Gahonne fit volter Chataham, défilant devant les cornes du bœuf. Elle banda une seconde fois son arc, et visa le flanc de sa proie. Sa flèche se planta juste en arrière de l'épaule. Le bœuf musqué s'écroula. Gahonne poussa un cri de triomphe, auquel fit écho celui d'Utta. La jeune femme vit son amie qui accourait, traversant le champ de neige à grandes enjambées.

— Non ! cria-t-elle de toute la force de ses poumons. Ne...

Elle n'acheva pas sa phrase. Un loup gris s'était détaché de la bande et s'élançait droit sur elle. La gorge serrée, Gahonne leva son arc. Mais elle savait qu'elle n'aurait pas le temps de viser la bête en mouvement et de tirer. Elle retint son souffle. Utta levait son épieu...

Le loup s'immobilisa alors qu'il ne se trouvait plus qu'à quelques pas de la jeune fille, et fit brusquement demi-tour. A ce moment, un mugissement sourd retentit. Gahonne tourna la tête. Les bœufs musqués avaient rompu la belle ordonnance de leurs rangs et s'enfuyaient, galopant lourdement dans des tourbillons de neige. L'un d'eux paraissait à la traîne. Avec de longs hurlements avides, les loups se ruèrent à sa poursuite.

Gahonne exhala le soupir qui bloquait ses poumons. Elle était trempée de sueur, malgré le froid. Elle remit ses moufles et fit signe à Utta d'approcher. La jeune Arfalisse la rejoignit et elle sauta de cheval.

— Qu'est-ce qui t'a pris de te risquer à découvert ? gronda la jeune femme. Tu es devenue folle ?

Utta, toute pâle, baissait piteusement le nez.

— J'ai eu... tellement peur pour toi ! pleurnicha-t-elle. Ce monstre qui te chargeait. J'ai voulu...

— Ne recommence jamais ça ! la coupa Gahonne. Même si tu me vois dans les plus grands périls, tu n'as pas le droit de risquer la vie d'Oïchi !

— Je te demande pardon.

— C'est bon...

Gahonne s'adoucit.

— Mais comment ce loup a-t-il pu se détourner de toi au dernier moment ?

— Je... je n'en sais rien. Je l'attendais, l'épieu levé et... et Oïchi a poussé un cri. Alors le loup a fait demi-tour.

Gahonne écarquilla les yeux.

— Oïchi a poussé un cri ?

— Oui... Ce n'était pas comme un pleur. C'était plutôt comme... comme un ordre !

Gahonne regarda son fils accroché à la hanche de son amie.

— Il a vu le loup ?

— Oui. Il n'a pas semblé apeuré un seul instant !

Gahonne secoua la tête.

— Décidément, maugréa-t-elle, mon fils possède de bien grands pouvoirs...

Elle se détourna, en revint au bœuf musqué. L'animal n'était pas mort. Il soufflait et, à chaque expiration, un flot de sang jaillissait de ses naseaux. Dans ses sombres yeux bruns roulait une lueur d'affolement. Lorsque Gahonne et Utta s'approchèrent, il tenta de se relever, mais retomba lourdement.

— Je n'aime pas voir souffrir un animal, dit Gahonne en grimaçant. Il faut l'achever.

Utta détacha Oïchi et le lui tendit, puis elle brandit son épieu. A cet instant, dans un ultime et farouche effort, le bœuf musqué se releva, donnant un violent coup de corne.

— Attention ! cria Gahonne.

Son amie n'avait eu que le temps de sauter en arrière. Le bœuf retomba dans la neige. Proférant une bordée de jurons en langue arfalisse, Utta dégaina son poignard, passa derrière l'animal blessé et, habilement, lui trancha les jarrets.

Le bœuf beugla, se débattit. Gahonne saisit un épieu et, d'un mouvement brusque, le lui enfonça dans le poitrail. La tête cornue retomba. Utta se jeta sur l'animal et, de sa lame rouge de sang, lui ouvrit la gorge.

— Et voilà, dit-elle, s'épongeant le front, alors que les derniers soubresauts de l'agonie agitaient le grand corps. Nous avons assez de viande pour passer l'hiver !

Gahonne ne répondit pas. Utta se retourna... et resta également muette de stupeur. Oïchi poussa un gazouillis.

Statufiées, les deux femmes contemplaient, émergeant de la brume froide qui masquait l'horizon, la masse gigantesque d'une montagne couleur de glace...

CHAPITRE VIII

Gahonne aurait voulu sans retard se diriger vers la montagne. Utta l'en dissuada. Il faisait trop froid pour qu'elles entreprennent, sans préparation, une telle expédition. Elle montra les nuées qui s'étiraient, haut dans le ciel.

— La tempête revient. Nous avons juste le temps de dépecer ce bœuf et de rentrer à la caverne. Maintenant que nous savons où se trouve le sanctuaire de l'Amshafahr, nous pouvons patienter jusqu'aux beaux jours !

De mauvaise grâce, Gahonne se rendit à ses raisons. Les deux femmes s'attelèrent donc à vider, dépecer et débiter le bœuf, chargeant les quartiers de chair sur le travois de Chataham. Gahonne ne voulait rien laisser perdre. Elle fendit les intestins, le nettoya avec de la neige et préleva sur la carcasse les gros os à moelle. Tout en se livrant à ce travail de boucherie, elle jetait de fréquents coups d'œil en direction de la montagne. Elle remarqua qu'Oïchi semblait tout autant fasciné qu'elle par la masse scintillante. Mais, à la mi-journée, la brume s'épaissit, la montagne s'effaça, et ce fut comme si elle n'avait jamais été là.

Il fallut cinq jours pleins à Gahonne et Utta pour rallier la caverne, chargées comme elles l'étaient. Cinq jours difficiles, rendus plus pénibles encore par le vent qui s'était levé, soufflant des nuages de neige gelée et les faisant tituber. Chataham peinait, avec son travois dont les perches s'enfonçaient dans la croûte neigeuse. Lorsqu'elles aperçurent enfin l'entrée de leur havre, les deux femmes étaient au bord de l'épuisement. Elles durent encore décharger leur viande, construire une claie où l'entreposer à l'abri des prédateurs, ranger leurs affaires, donner à manger à Chataham, le bouchonner et préparer le repas du soir...

Le lendemain, elles firent une longue toilette, avec de la neige mise à fondre au-dessus du feu dans une calebasse, et s'attelèrent à la préparation de la peau du bœuf musqué, de ses boyaux, de ses os. Elles se gorgèrent de viande et de moelle, tandis qu'à l'extérieur, comme l'avait prédit Utta, le blizzard se déchaînait à nouveau. Puis, tandis qu'Oïchi s'endormait dans son berceau, elles s'enlacèrent et firent l'amour...

⁂

Et s'écoula l'hiver, pour Gahonne-la-Rouge et Utta des Arfalisses, redevenues troglodytes à l'image de leurs ancêtres. Aux longues périodes d'ennui, lorsque soufflait la tempête ou que le froid devenait si vif qu'il faisait éclater le tronc des arbres, succédaient des jours d'activité intense, lorsque le temps se réchauffait. Gahonne relevait et retendait ses pièges, ramenait son gibier, le dépouillait, traitait les peaux. Utta cassait des trous dans la glace qui recouvrait la rivière et pêchait de grands poissons qu'elles mettaient à fumer. Ou bien elles déblayaient la neige gelée et récoltaient le lichen ou l'herbe rabougrie pour Chataham. Elles reprisaient leurs vêtements, fourbissaient leurs armes. Utta enseignait son langage à Gahonne qui, en échange, lui contait ce qu'elle avait vu dans les autres mondes. A ses regards, la jeune femme se rendait bien compte que son amie ne la croyait qu'à moitié, mais ça n'avait pas vraiment d'importance. Dans son esprit même la réalité, parfois, se teintait d'affabulation. C'était la rançon de la solitude. Elles parlaient surtout pour ne pas oublier le son de leurs voix.

Oïchi considérait les deux femmes comme ses mères, montrant la même affection pour chacune. Petit bonhomme espiègle, il passait de longs moments à jouer avec Chataham, réclamait qu'on lui raconte des fables et ne semblait pas trop souffrir de se trouver cloîtré au fond d'une caverne. C'était cependant la fête lorsqu'il accompagnait ses deux mamans à la chasse, et il brandissait d'un air redoutable le minuscule arc qu'elles lui avaient confectionné pour son anniversaire.

Parfois une dispute éclatait entre les deux recluses, pour quelque prétexte futile. Elles s'affrontaient, les yeux étincelants de colère, refrénant les cris qui grondaient dans leur gorge pour ne pas se donner en spectacle devant l'enfant. Ces accès de hargne trahissaient leur tension contenue, et l'appréhension de ce qui les attendait au retour des beaux jours. Mais ils ne duraient jamais très longtemps, et il n'en était que meilleur de se réconcilier dans le nid douillet des peaux de martres, d'hermines, de zibelines ou de castors. Les deux femmes n'avaient plus de secret l'une pour l'autre. Chacune connaissait la moindre caresse qui pouvait éveiller la sensualité de sa compagne, guider sa jouissance, provoquer son extase. Chaque partie de leur corps était source d'érotisme, elles s'inventaient de nouveaux jeux, passaient des heures à se chatouiller la pointe d'un sein, à se caresser le galbe d'une fesse, voire à se sucer mutuellement un orteil ! Elles s'exhibaient l'une à l'autre, s'embrassaient, se léchaient le dos, la nuque, le ventre, peignaient leurs corps à l'aide de graisse mélangée à des fragments de terre rouge extraite du fond de la caverne, et pour finir faisaient l'amour jusqu'à en perdre conscience du temps qui passait trop lentement...

Et le temps passa. Un beau matin, sortant de la caverne, elles humèrent une douceur nouvelle dans l'atmosphère. Utta leva les bras vers le ciel gris et clama :

— Merci aux dieux ! L'hiver se termine !

L'hiver se terminait, mais le printemps n'était pas encore arrivé, et il fallut attendre que fondent les neiges, que la rivière brise sa carapace de glace et que Chataham, amaigri, se refasse une santé en pâturant l'herbe nouvelle. Cela prit quatre semaines, durant lesquelles la nervosité des deux jeunes femmes atteignit à son comble. Sans doute allaient-elles affronter un danger d'autant plus redoutable qu'il leur était inconnu, mais elles préféraient encore cela à l'inaction.

Enfin, le vent ayant définitivement tourné au sud, faisant disparaître les dernières plaques de neige, elles estimèrent qu'il était temps de partir. Gahonne songeait que trois années plus tôt elle s'était trouvée dans le même état d'esprit, s'apprêtant à accomplir en compagnie de Barran le voyage qui devait les mener à la civilisation — et qui, en fait, avait scellé leur malheur. Lorsqu'elle s'interrogeait dans le secret de son âme, elle devait bien reconnaître qu'elle n'espérait plus retrouver son compagnon. Mais cela ne l'empêchait pas de vouloir accomplir un nouveau défi. Elle l'avait dit à Utta : sa nature était de se battre !

Les deux femmes passèrent leur dernière nuit dans la caverne. Leurs bagages avaient été faits, le harnachement de Chataham et leurs armes mille fois vérifiés, les provisions emballées. Elles eurent du mal à s'endormir, d'autant qu'Oïchi s'agitait, ayant deviné qu'il se préparait quelque chose.

Au petit matin, elles étaient prêtes. Elles jetèrent un regard sur cette anfractuosité rocheuse qui avait été leur foyer durant de long mois. La gorge étreinte par la même émotion, elles éteignirent leur feu, attelèrent Chataham et, sans parler, descendirent jusqu'à la rivière, dont elles avaient l'intention de suivre un moment le cours.

A peine se trouvaient-elles sur la berge qu'Utta se figea et étreignit son arc.

— Que se passe-t-il ? demanda Gahonne, en alerte.

— J'entends un bruit, répondit la jeune fille. Je... est-ce possible ? Je rêve !

Elle semblait incroyablement émue, et regardait en direction de l'aval. Gahonne entendit alors un écho rythmé, incongru dans le silence matinal de la forêt. Elle vit apparaître au-delà du coude de la rivière la fine étrave d'une pirogue. Instinctivement, elle porta la main à son épée.

— Les Arfalisses ! s'écria Utta.

Gahonne fut tentée de battre en retraite. Mais une des guerrières s'était dressée, à l'avant de l'embarcation, et leur faisait de grands signes, de ses mains nues, comme pour montrer qu'elle n'était pas armée.

— Qu'est-ce qu'elles nous veulent ? grogna la jeune femme, encochant une flèche sur son arc.

— On va le savoir ! répondit Utta, et sa voix vibrante montrait bien, malgré ses dires, qu'elle était heureuse de revoir ses sœurs.

La pirogue obliqua dans leur direction. Outre la guerrière qui continuait à leur faire signe, elle emportait six rameuses, dont l'habileté à manœuvrer l'esquif dans le fort courant laissa Gahonne pantoise.

L'avant du canoë s'échoua sur le gravier de la berge, deux rameuses sautèrent à l'eau pour le haler au sec, tandis que la guerrière, les mains toujours levées, débarquait.

— Je la connais, souffla Utta. Elle s'appelle Monith ! Elle n'aimait pas beaucoup Amlah...

Monith s'avançait à grands pas. Elle n'était effectivement pas armée, si elle portait l'habituelle cotte de mailles arfalisse. C'était une grande femme au visage ouvert, fendu d'un large sourire, et sa mèche retombait jusqu'à sa taille. Malgré son air affable, Gahonne conserva son arc à demi tendu. Elle n'avait pas oublié ce qui s'était passé au début de l'hiver !

— Je remercie les dieux ! s'écria Monith. Nous avions si peur d'arriver après votre départ !

— Qu'est-ce que tu nous veux ? riposta Gahonne. Comment sais-tu que nous allions partir ?

Monith inclina la tête devant elle.

— Gahonne-la-Rouge, apprends qu'après la mort d'Amlah c'est moi que les Arfalisses ont choisie comme chef. Nous avons eu de longues discussions à ton sujet. Nous pensions bien que vous vous réfugieriez dans ces collines pour passer l'hiver. Nous nous sommes souvenues de ce que tu avais dit : que tu affronterais l'Amshafahr malgré le mal que nous t'avions fait. Nous avons décidé qu'une délégation viendrait, dès le retour des beaux jours, implorer ton pardon...

— Voilà de belles paroles ! la coupa sèchement Gahonne. Mais aucune d'entre vous n'est intervenue lorsque Amlah voulait nous mettre à mort, Utta et moi !

— Amlah était aveuglée par la jalousie, quant à nous, il est vrai que nous avons été lâches... Mais nous avons été bien punies. Cet hiver a été le plus affreux qu'ait jamais connu le clan. La maladie a fondu sur notre village et nombre de nos sœurs et de nos enfants sont morts. Les vivres ont pourri dans les greniers, la pêche a été mauvaise. Garhet a dit que les dieux nous châtiaient. Elle a dit aussi que nous devions venir à vous...

— Mais vous n'êtes pas venues quand nous avions besoin d'aide durant les froids ! riposta Utta.

Monith la dévisagea.

— A toi aussi, notre sœur, nous implorons de nous pardonner. Mais le passé est le passé. Si nous sommes là, ce n'est pas seulement pour expier notre faute par les paroles. Nous sommes toutes volontaires pour vous aider dans la lutte que vous allez mener contre l'Amshafahr. Et nos hommes sont aussi volontaires !

Gahonne sourcilla, étonnée.

— Comment ça ?

Le visage de Monith s'était assombri.

— Un des hommes du clan est arrivé, épuisé, au village. Il avait traversé la forêt pour nous apprendre que la maladie avait également fondu sur eux et qu'ils étaient aussi morts en grand nombre. Alors Garhet a ouvert le Livre de Jaar et a lu...

Gahonne l'interrompit, prise d'une transe :

— « ... et les fruits mâles et les fruits femelles de l'arbre pourriront... Et le peuple des Arfalisses désespérera que le jour se lève pour lui. Alors sept fruits mâles et sept fruits femelles, par-delà le Sanctuaire, s'uniront et défieront l'Amshafahr... Alors... »

Elle se tut, tressaillant comme si elle se réveillait d'un

profond sommeil. Utta, Monith et les six guerrières la contemplaient avec la même lueur d'incrédulité dans les yeux. Elle se sentit rougir.

— Je... je ne me souviens plus, bredouilla-t-elle. C'est apparu comme un éclair. Et puis... plus rien !

Elle soupira d'impuissance. Monith reprit :

— Tu es la femme rouge de la prophétie, et nous sommes les sept fruits femelles. Le guerrier est reparti dans son clan, lui faire part de notre décision de lutter à tes côtés. A l'heure qu'il est, sept guerriers sont en route. Nous devons les retrouver au nord de cette forêt. Ne nous repousse pas, Gahonne ! Montre-toi magnanime. Accepte que nous nous battions pour toi. Nous avons d'ores et déjà fait le sacrifice de nos vies !

Les guerrières firent chorus. Gahonne échangea un regard avec Utta. La jeune fille souriait, sans pouvoir cacher son émotion. Gahonne réprima un sourire.

— C'est entendu, Monith, dit-elle. Nous avons été si seules que nous n'allons pas refuser un peu de compagnie ! Soit... vous viendrez avec nous.

Les rameuses poussèrent de vigoureux cris de joie, et les yeux de Monith s'emplirent de larmes.

— Merci, Gahonne-la-Rouge ! s'écria la femme. Nous t'obéirons aveuglément ! Nous périrons pour toi ! Nous serons tes esclaves !

Gahonne lui posa la main sur l'épaule.

— Je n'ai pas besoin d'esclaves, Monith, dit-elle. J'ai seulement besoin d'amis !

Les guerrières retournèrent à leur pirogue et en déchargèrent leurs armes et leurs bagages, tout en chantant si gaiement qu'on aurait pu croire qu'elles partaient pour quelque plaisante expédition et non pour une bataille contre un ennemi impitoyable. Puis la petite troupe se mit en marche, abandonnant le canoë, suivant la berge de la rivière. Utta, qui marchait derrière Gahonne, semblait songeuse. Tout à coup, elle demanda à son amie, à mi-voix :

— Est-ce que tu peux m'expliquer ?

— Quoi donc ?

— Sept fruits mâles et sept fruits femelles... Sept guerriers et sept guerrières. Plus toi, la femme rouge. Plus Oïchi, l'enfant-sauveur... Mais moi, là-dedans, qu'est-ce que je viens faire ? Est-ce qu'il parle d'un huitième fruit femelle, le Livre de Jaar ?

Troublée, Gahonne réfléchit un long moment.

— Je ne peux pas te le dire, répondit-elle enfin. Mais je suis sûre que tu as un rôle très précis, dans toute cette histoire. Nous découvrirons tôt ou tard lequel !

Le groupe des femmes traversa la forêt et déboucha dans la steppe. Elles aperçurent immédiatement l'éclat d'un feu, et les guerrières manifestèrent une grande excitation. Gahonne elle-même se demandait à quoi ressemblaient les mâles de ce clan où les sexes vivaient séparés par la volonté d'un démon. Elle allait revoir des hommes, pour la première fois depuis la disparition de Barran, et cela la rendait nerveuse...

Alors que les guerrières se trouvaient encore à bonne distance du foyer, de hautes silhouettes apparurent. Monith s'avança et lança un long salut empli de formules rituelles, que Gahonne comprit, puisque Utta lui avait appris la langue de sa tribu. Un des guerriers lui répondit, non moins symboliquement. Alors les deux groupes se réunirent.

La première impression de Gahonne fut que les mâles arfalisses ressemblaient beaucoup aux mâles latahïrs. Mais en y regardant de plus près, elle nota d'assez importantes différences physiques. Les Arfalisses étaient beaucoup plus grands que ses anciens compagnons, avec des traits moins aplatis. Ils étaient beaux, le nez aquilin, le menton bien dessiné, le front altier. Comme les femmes du clan, ils étaient vêtus d'une cotte de mailles laissant les jambes et les avant-bras nus, et avaient le crâne rasé, à l'exception de la mèche habituelle. Mais leurs tatouages avaient des dessins différents.

Chaque guerrier salua séparément chaque guerrière — ce qui prit du temps — à grand renfort de formules de politesse et d'attouchements sur les épaules, le crâne et les mains. Gahonne attendait, un peu en retrait, intimidée. Lorsque le rituel fut achevé, Utta et Monith la présentèrent. Gahonne perçut la perplexité des jeunes gens en face d'elle. Ils la dévisageaient avec étonnement et n'osaient pas lui toucher les mains. Lorsqu'ils baissaient le regard sur Oïchi, qui s'accrochait à elle, inquiet de voir tant d'étrangers, leurs yeux trahissaient une crainte superstitieuse. Eux aussi connaissaient les prophéties du Livre de Jaar...

Le chef du groupe des hommes s'appelait Atarq. Tout naturellement, il se plaça à côté de Monith, lorsqu'ils prirent le chemin de leur campement. Les autres jeunes gens se mélangèrent, se parlant d'abord avec retenue, puis parlant librement, avant de s'esclaffer de conserve, comme des adolescents heureux de se retrouver. Mais Gahonne et Utta demeurèrent ensemble, et nul ne fit mine de vouloir se joindre à elles.

Le camp avait été dressé au pied d'un monolithe, et une antilope rôtissait au-dessus des braises du feu. Son parfum chatouilla agréablement les narines de Gahonne, habituée depuis des semaines à manger la viande à la saveur forte du bœuf musqué. Guerriers et guerrières s'assirent en rond et l'on se partagea la nourriture. Gahonne fut servie la première et on lui offrit le meilleur morceau, qu'elle accepta avec plaisir. Elle mordit dans la viande juteuse, cuite à point, et poussa un tel soupir de bonheur que chacun, autour d'elle, éclata de rire. On se passa une outre qui contenait une liqueur alcoolisée. Gahonne se souvenait de la cuite mémorable qu'elle avait prise autrefois, en la ville de Satmoor, et ne but que modérément, mais les autres, Utta comprise, se laissèrent aller à de joyeuses libations. Au bout d'un moment, un couple se leva, légèrement titubant, et s'éloigna en direction des buissons qui bordaient le camp. Des gémissements ne tardèrent pas à s'élever de l'ombre. Le feu aux joues, Gahonne essaya de ne pas entendre. Ces halètements éveillaient en elle un désir physique violent, tout différent de ce qu'elle ressentait pour Utta, et lui faisaient plus cruellement encore percevoir l'absence de Barran.

— C'est toujours comme ça que ça se passe, lorsque les hommes et les femmes se rencontrent, lui souffla à mi-voix Utta, la mine revêche. Cet acte est tellement bestial !

— Tu ne sais pas de quoi tu parles ! lui rétorqua Gahonne plus sèchement qu'elle aurait voulu.

Utta lui jeta un tel regard qu'elle regretta sa dureté.

— Je te demande pardon, s'excusa-t-elle. Mais c'est vrai : tu ne connais pas l'amour avec un homme, tu ne peux pas juger.

Utta demeura songeuse. Au fil de la soirée, tous les couples s'isolèrent, y compris Monith et Atarq.

— Est-ce vraiment si agréable ? questionna enfin Utta.

— Oh oui ! répondit Gahonne en levant les yeux au ciel.

— On dirait que tu regrettes que je sois une femme ! riposta Utta, agressive.

Gahonne sourit à la colère de la petite.

— Je ne regrette rien de ce qu'il y a entre nous. Aucune caresse, aucun baiser... Mais c'est vrai qu'il me manque un homme. L'amour avec toi est une chose merveilleuse, mais il demeure incomplet.

La bouche d'Utta se mit à trembler, comme si la jeune fille allait éclater en sanglots. Gahonne voulut lui saisir les mains, mais elle la repoussa.

— L'homme et la femme sont faits pour s'accoupler, reprit Gahonne, qui avait compris que cette mise au point s'imposait. L'organe de l'homme et la fente de la femme ont été conçus pour s'imbriquer afin de produire le plaisir et la vie... Toi aussi, Utta, tu te donneras à un mâle et en éprouveras du bonheur. C'est ainsi que les choses doivent être, et cela ne m'empêchera pas de te chérir !

Utta essuya d'un revers de main ses larmes qui coulaient.

— Jamais ! cracha-t-elle, presque haineusement. Jamais je ne prendrai un homme ! Il n'y aura que toi jusqu'à mon dernier souffle !

Elle se leva et s'éloigna. Gahonne esquissa un geste pour la retenir, mais renonça. Utta était si jeune, si passionnée. Elle comprendrait un jour !

L'aube se leva. Pour la première fois depuis longtemps, Gahonne n'avait pas dormi en compagnie d'Utta. Elle aperçut la jeune fille, pelotonnée auprès de Chataham, et qui lui tournait le dos. Elle voulut aller vers elle, mais Monith s'approcha à cet instant.

— Gahonne-la-Rouge, dit la guerrière, à présent, nous sommes réunis dans l'attente de ta parole. Guide-nous. Que devons-nous faire ?

Gahonne hésita, peu habituée à ce que tant de personnes dépendent d'elle.

— Durant l'hiver, dit-elle, Utta et moi avons aperçu la Montagne de Cristal, à plusieurs jours vers le nord...

Les Arfalisses qui s'étaient approchés, hommes et femmes, ne cachèrent pas leur étonnement.

— C'est impossible ! s'écria Atarq. Nul n'a jamais vu la Montagne de Cristal !

— Lorsque l'Amshafahr se manifeste, ajouta Monith, son esprit malfaisant vient à nous, en nos villages... Mais personne ne peut accéder à son sanctuaire !

— Et pourtant nous l'avons vu, ce sanctuaire ! riposta agressivement Utta. Gahonne voulait même y aller sans attendre !

Gahonne coupa court à l'échange. Puisqu'il fallait qu'elle décide...

— Nous partons vers le nord, décréta-t-elle. Nous verrons bien ce que nous découvrirons là-bas !

Nul ne discuta son avis. On plia le camp et on se mit en marche, en une longue file, à la tête de laquelle venait Gahonne, montée sur Chataham, l'épée au côté et Oïchi, fier comme un paon, se cramponnant, en croupe derrière sa mère.

***

Trois jours durant, la petite troupe marcha vers le septentrion. Gahonne se fiait à son sens de l'orientation, bien que le paysage, en ce début de printemps, soit tout différent de ce qu'elle en avait vu durant l'hiver. La steppe se parait de fleurs et le gibier abondait. Les rennes étaient revenus, en longs troupeaux que suivaient des meutes de loups gris. Des aurochs paissaient, plus petits que ceux des pays du sud, mais couverts d'une rude fourrure rousse. Dans le ciel, des vols d'oies sauvages traçaient d'immenses V.

Mais aucune montagne, de cristal ou de pierre, n'apparaissait à l'horizon...

Au début, cette absence n'inquiéta pas Gahonne, qui pensa qu'elle avait pu se tromper dans son estimation des distances. La Montagne de Cristal était suffisamment élevée pour qu'elle l'aperçoive de loin, dès lors que la brume se dissiperait. Mais la brume se dissipa et l'horizon ne révéla aucun relief. Seul le moutonnement des faibles marches menant aux glaciers en brisait la monotonie. Gahonne ne put s'empêcher de douter. Était-il possible qu'ils se fussent égarés, qu'elle ait mené sa troupe dans une direction différente de celle qu'elles avaient suivie, Utta et elle, à la poursuite des bœufs musqués ? Questionnée, Utta se contenta de hausser les épaules. Depuis qu'elles s'étaient disputées, elle faisait la tête, et cette attitude enfantine finissait par irriter Gahonne. Mais la jeune femme était trop soucieuse pour se préoccuper des bouderies de son amoureuse.

Au bout du cinquième jour, au soir, à l'étape, on fit le point. Aucun des Arfalisses n'avait posé de question, mais Gahonne sentait bien que tous s'interrogeaient.

— Je ne pense pas m'être trompée de route, dit-elle, mais la Montagne de Cristal n'apparaît pas.

— Ce n'est pas étonnant, répliqua Monith. Ne t'avions-nous pas dit que nul ne l'a jamais vue ?

— C'est le sortilège de l'Amshafahr, ajouta une des guerrières, qui se nommait Ethianne. Nous pouvons tourner en rond dans cette plaine jusqu'à ce que nos os tombent en poussière. Si l'Amshafahr ne souhaite pas nous apparaître, il ne nous apparaîtra pas.

— Il sait que nous sommes en route, dit Atarq d'un ton découragé. Il joue avec nous...

— Et pourtant vous connaissez la prophétie ! riposta Gahonne. Elle est en train de s'accomplir. La montagne doit nous apparaître !

Atarq eut un geste d'impuissance. A ce moment, Utta intervint, rompant sa bouderie.

— Lorsque j'étais l'amie d'Amlah, dit-elle, un jour, elle m'a appris qu'il arrivait que des images apparaissent dans l'espace, qui sont le reflet de choses réelles, mais très éloignées.

Tout le monde l'écoutait, et elle parut encouragée.

— Je ne sais pas si Amlah mentait... Mais si elle avait dit la vérité ? Si la Montagne de Cristal était un reflet ?

— Mais le reflet de quoi ? objecta Ethianne.

— Le reflet du glacier... Une montagne de cristal... Qu'est-ce qui ressemble le plus à du cristal que de la glace ? Le jour où nous avons chassé ce bœuf, Gahonne, souviens-toi, il faisait beau. Les rayons du soleil auraient pu se refléter sur le glacier, et l'image de la montagne être projetée vers nous. Nous l'avons jugée proche, mais en fait elle pouvait être encore très éloignée.

Gahonne hocha la tête. L'explication d'Utta était audacieuse, mais plausible.

— A quelle distance sommes-nous du front des glaces ? demanda-t-elle.

— A dix bonnes journées, répondit Atarq. Je me suis une fois approché à moins de trois jours de marche des glaciers. Il faisait très mauvais, je n'ai pas vu de Montagne de Cristal. Il est vrai que je me trouvais beaucoup plus à l'est.

Le silence s'établit pendant que chacun réfléchissait. Finalement, Gahonne se redressa.

— Nous ne pouvons nous amuser à explorer la plaine de long en large, dit-elle. Continuons en direction des glaces. Nous verrons si une montagne nous apparaît...

***

Ils continuèrent donc en direction des glaces. Ils en sentirent l'haleine froide bien avant d'en être arrivés au pied. Le vent avait beau souffler du sud, l'énorme masse, qui recouvrait tout le nord du continent, exhalait une atmosphère hivernale à des dizaines de lieues de distance, chassant les humains de ces latitudes hostiles et transformant la plaine en une lande semée de gravières, traversée de ruisselets nés de la fonte des neiges éternelles. Aucun des jeunes gens n'avait prévu qu'il irait si loin vers le nord, et n'avait emporté de vêtements de fourrure, aussi se retrouvèrent-ils souffrant du froid, ce qui, après les frimas qu'ils avaient supportés, était un comble. Mais tous étaient ardents, robustes, et leur moral n'en fut pas affecté. Chaque soir, ils s'affairaient en plaisantant à couper les maigres buissons qui poussaient sur le sol nu, ou ramassaient les bouses séchées des aurochs, puis se serraient les uns contre les autres, autour du feu, se réchauffant mutuellement.

Enfin, un soir, ils aperçurent à l'horizon une masse bleutée qui leur sembla gigantesque, et qui s'étendait à perte de vue vers le levant et le couchant. Des nappes de brume froide la masquaient par endroits et le vent apportait de fins flocons de neige.

— Nous y sommes, dit Gahonne en frictionnant ses bras nus.

— Et toujours pas de Montagne de Cristal en vue, grinça Monith en jetant un regard à Utta.

Les voyageurs, en proie au doute, observaient l'immense front de glace. Pour la première fois, Gahonne se sentait réellement découragée. Les dieux s'amusaient d'elle, la poussaient à arpenter interminablement ce monde, lui faisaient entrevoir l'espoir avant de la blesser avec malignité. Cela n'en finirait-il donc jamais ?

La troupe dressa le camp en silence, remettant au lendemain l'examen de la situation. La nuit s'écoula, glaciale. Au matin, un grand éclat de rire d'enfant réveilla chacun. Transis, les membres raidis, les voyageurs émergèrent de leurs songes et considérèrent, encore mal réveillés, Oïchi qui, debout sur un rocher, urinait gracieusement en arc de cercle, tenant son petit sexe d'une main.

De l'autre, il montrait, tout sourire, le gigantesque dôme qui les surplombait, étincelant comme du cristal dans les premiers rayons du soleil.

CHAPITRE IX

La première pensée de Gahonne fut qu'il n'y avait pas de montagne, la veille au soir, là où ils pouvaient tous la voir en cet instant. La plus épaisse brume n'aurait pu cacher cette pyramide vertigineuse qui s'élevait jusqu'aux nues, écrasante ! Son sommet était si élevé qu'il semblait irréel, et ses parois si lisses qu'on aurait pu les croire polies par une main de géant.

Oïchi rabattit son pagne, remonta ses culottes et courut vers Utta. Lui saisissant la main, il la secoua et s'écria :

— Mammatta ! Mammatta ! Regarde !

Gahonne tiqua, surprise que son fils se soit dirigé vers son amie plutôt que vers elle. Mais avant qu'elle n'ait eu le temps de dire quoi que ce soit, Monith et Atarq s'approchèrent d'elle.

— Le sanctuaire de l'Amshafahr ! murmura le jeune homme.

— Que les dieux nous protègent, ajouta la guerrière.

Ils quêtaient du regard un commentaire de Gahonne. La jeune femme haussa les épaules.

— Eh bien, dit-elle, nos pas ont fini par nous mener là où nous voulions aller. N'attendons pas que cette montagne disparaisse à nouveau. Mettons-nous en route !

Fébrilement, les jeunes gens plièrent bagage. Tout en travaillant, ils jetaient de fréquents regards vers la Montagne de Cristal. Il ne fallait pas être grand clerc pour deviner leur angoisse. Gahonne la partageait, mais l'apparition du dôme avait au moins chassé ses doutes. Elle se sentait impatiente. Il fallait que son destin s'accomplisse... Et celui d'Oïchi !

La Montagne de Cristal jaillissait de terre sans le plus petit contrefort, telle une aiguille qui aurait, au cours de la nuit, percé l'écorce terrestre. Il fallut cependant trois bonnes heures à la troupe avant de se trouver à son pied. Les voyageurs stoppèrent, silencieux. La paroi se dressait, verticale, à moins de cent toises. Ils l'observèrent longuement.

— Mais comment allons-nous faire pour escalader cette montagne ? interrogea Ethianne.

Gahonne ne répondit pas. Elle cherchait des yeux un passage. Elle n'avait aucune expérience qui lui dictât la marche à suivre. Il lui était arrivé de gravir des collines escarpées, ou même des falaises, mais aucun à-pic similaire. Elle doutait qu'un humain puisse accomplir pareil exploit !

Elle eut soudain une inspiration. Elle se tourna vers Oïchi qui, assis sur le dos de Chataham, jouait avec son arc.

— Viens, fils ! ordonna-t-elle.

Oïchi se laissa glisser le long du flanc velu du petit cheval et trottina vers sa mère. Les Arfalisses le regardaient, anxieux. Gahonne s'accroupit de façon que son visage soit à la hauteur de celui de son enfant. Elle saisit Oïchi par les épaules, le regarda droit dans les yeux.

— Oïchi, dit-elle, je *sais* que c'est *toi* qui *as* fait apparaître la Montagne de Cristal... Même si tu ne comprends pas bien mes paroles, je t'en prie : ouvre-nous-en la Porte !

Oïchi fronça le nez, gratta sa courte tignasse de cheveux roux. Son visage s'éclaira. Avec un rire, il se dégagea de l'étreinte de sa mère, brandit son arc, saisit une flèche dans son minuscule carquois. Il l'encocha sur l'arme et, sans hésiter, courut vers la montagne.

— Suivons-le ! cria Gahonne.

La troupe emboîta le pas à l'enfant. Chacun serrait nerveusement ses armes dans ses poings. Oïchi courait si vite qu'ils avaient presque du mal à le suivre. Il s'arrêta, banda son arc, visa la muraille.

Le trait siffla dans l'air et frappa le flanc de la Montagne de Cristal. Alors un grondement retentit et le sol trembla au point de faire tituber les Arfalisses épouvantés.

Un gouffre béant était en train de s'ouvrir au pied de l'aiguille géante !

Les Arfalisses, terrorisés, s'étaient instinctivement regroupés, tandis qu'un souffle monstrueux passait sur eux, faisant tourbillonner leurs nattes. Gahonne elle-même était impressionnée, bien qu'ayant assisté de nombreuses fois à de semblables phénomènes. Seul Oïchi riait aux éclats, ravi du bon tour qu'il venait d'effectuer. Il fit un pas en direction de la montagne. Prestement, Utta le saisit, l'entoura de ses bras.

— Ne bouge pas ! lui ordonna-t-elle.

— Veux aller ! protesta l'enfant en se débattant. Veux aller !

Utta quêta l'avis de Gahonne.

— Que fait-on ? demanda-t-elle.

Gahonne fixait la sombre ouverture. Son opacité faisait penser à l'enfer. Elle n'était en rien similaire au Spatium engendré par la Porte de Flamme. Il se dégageait de cette noirceur un parfum sinistre, une exhalaison mortelle. La Porte avait toujours représenté pour Gahonne, quels qu'aient été les dangers qu'elle lui faisait courir, un élément positif dans l'équilibre des univers. Mais ce sanctuaire qu'ils s'apprêtaient à violer était d'essence négative, maléfique.

Il n'était pourtant pas question de reculer...

— Oïchi nous a ouvert la voie, dit la jeune femme. Nous sommes ici pour pénétrer le secret de l'Amshafahr. Il faut avancer !

Elle se détourna, désharnacha Chataham. Elle entoura de ses bras l'encolure du cheval, pressa son visage contre sa crinière.

— Je t'abandonne une fois de plus, mon vieil ami, murmura-t-elle. Retourne vers le sud, prends garde aux loups et aux tigres. Si les dieux le veulent, je te retrouverai comme les autres fois. Sinon...

Elle n'acheva pas sa phrase. Elle sentit la main d'Utta qui se posait sur son épaule. Serrant les dents, elle dédaigna son épée de bronze. Puis elle se dirigea vers l'entrée du gouffre. Les Arfalisses l'imitèrent, déposant leurs bagages et étreignant leurs haches.

Au dernier instant, Gahonne hésita. Elle aurait pu jurer que la noirceur infernale pulsait devant elle comme un cœur monstrueux. Elle tendit le poing...

A l'instant où la pointe de son épée pénétrait le maléfice, il y eut un grondement semblable au rugissement d'un dragon. Un tourbillon gigantesque aspira la jeune femme. Hurlante, Gahonne se sentit tomber en avant. Les cris de ses compagnons lui parvinrent en écho. Dans son esprit, tout s'effaça...

Ce fut une sensation totalement inattendue qui éveilla Gahonne. Un instant, la jeune femme se persuada qu'elle faisait un rêve délicieusement érotique. Elle était allongée sur le ventre, sur une surface chaude, sèche et douce, et sur son corps pesait le corps d'un homme. La raideur d'une virilité roulait contre sa croupe; un souffle brûlait sa nuque, des mains parcouraient ses flancs. Elle ne voulut pas ouvrir les yeux, tant c'était bon. Barran... Barran enfin retrouvé s'apprêtait à lui faire l'amour. Elle reconnaissait ses caresses, l'empreinte de son corps. Elle eut envie de sangloter de bonheur lorsque sa bouche chaude se posa sur son cou.

— Prends-moi... chuchota-t-elle, son cœur battant à se briser.

Il ne parlait pas. Il glissa une main entre ses cuisses. Obéissante, elle écarta les jambes. Son sexe était en feu, ruisselant du désir d'être pénétré. Elle avait toujours aimé être prise dans cette position. Elle se souleva, creusa les reins. Le pieu se fraya un chemin vers son entrejambes, entra en elle en une poussée puissante. Gahonne cria de plaisir et accorda son ardeur à la fougue de son amant. Son poids l'écrasait, sa force l'ébranlait à chacun de ses mouvements. Jamais elle n'avait été possédée avec une telle avidité. Elle se rendit compte que c'était ainsi qu'elle avait toujours secrètement espéré être saillie : sauvagement ! A ses oreilles résonnaient des grondements de fauve en rut. Le soc entrait et sortait d'elle, énorme. Une onde de plaisir naquit dans sa chair, presque douloureuse. Elle attendait la jouissance.

Mais, soudain, son amant ralentit ses mouvements. Il se redressa. Elle entendit son rire et ne le reconnut pas...

Brutalement, il se retira d'elle et la retourna sur le dos. Alors seulement, pour la première fois depuis qu'elle avait été emportée au sein de la Montagne de Cristal, Gahonne ouvrit les yeux.

Elle poussa un hurlement d'horreur !

Ce n'était pas Barran, mais un monstre hideux qui la considérait avec de petits yeux injectés. Sa stature contrefaisait celle d'un être humain, en une horrible caricature. Sur sa face déformée, un sourire s'étirait comme une grimace, découvrant des crocs jaunes et mal plantés. Les mains velues, épaisses, aux doigts noueux, dotés de longs ongles en forme de griffes, pétrissaient la chair de sa taille. A travers les touffes de poils gris parsemant sa peau grumeleuse, elle voyait pointer un membre obscène, démesuré, luisant, d'où suintait une glaire poisseuse.

Gahonne demeura paralysée, incapable de faire un mouvement, de se débattre. On aurait dit qu'elle contemplait, détachée, son propre corps écartelé, livré aux désirs lubriques de cet être de cauchemar.

Enfin, tout se dénoua. Elle se tordit sur elle-même, cherchant à échapper à l'abjecte étreinte. Ses mains volèrent vers la face de la créature, visant les yeux. Mais le monstre se contenta de détourner la tête. Gahonne se brisa les ongles contre son front. Elle haleta, battit des jambes, de chaque côté des hanches qui forçaient son corps.

— Je ne veux pas ! cria-t-elle. Va-t'en !

A sa grande stupeur, le monstre la lâcha immédiatement. Elle s'immobilisa, saisie, les jambes ridiculement ouvertes et dressées.

— Es-tu bien sûre, Gahonne-la-Rouge, que tu ne veux pas de moi ? murmura la créature d'une voix basse, mais vibrante d'une note angoissée, pathétique.

Gahonne écarquilla les yeux. Cette voix ne ressemblait à aucune voix humaine, et pourtant *elle la reconnaissait !* Elle remontait de son passé, de son inconscient, elle éveillait des souvenirs qui remontaient avant sa naissance, ou après sa mort, issus de toutes les vies, de tous les mondes, de tous les univers qu'elle avait connus ou qu'elle connaîtrait un jour.

— Devant tes désirs les plus secrets, reprit le monstre, peux-tu affirmer que tu te refuses à moi ? Regarde au fond de ton âme, vois ce que tu as enfoui dans ton cœur et dis-moi que tu ne me veux pas... Alors je disparaîtrai et tu m'effaceras de ta mémoire... Je n'aurai jamais existé pour toi !

Interdite, Gahonne ouvrit la bouche pour crier à la créature qu'elle n'avait rien à faire d'elle, qu'elle devait partir, la laisser tranquille, cesser de la souiller par son immonde contact. Elle s'aperçut alors qu'elle ne le pouvait pas. Quelque chose, au fond d'elle effectivement, désirait s'unir à cet être, le recevoir, se soumettre à son rut. Quelque chose qu'elle ne se connaissait pas. Dans son esprit fulgura le souvenir de la nuit où elle s'était enivrée et donnée à deux hommes à la fois, sous les yeux de Barran. Elle avait ressenti alors le même sentiment qu'en cet instant. La honte la submergea à tel point qu'elle détourna le regard.

— Dis-le ! insista le monstre. Ou alors soumets-toi à moi !

Des larmes coulaient sur les joues de Gahonne.

— Qui es-tu ? souffla-t-elle, sans oser regarder le monstre en face.

— Il t'appartient de le découvrir, Gahonne-la-Rouge !

Les mains de la créature couvrirent les seins de la jeune femme. Gahonne mordit son poing pour ne pas crier. Le monstre s'allongea sur elle et son membre raidi fouilla entre ses cuisses. Lorsqu'il la pénétra, Gahonne, d'un violent coup de reins, vint à sa rencontre...

Ce fut si bon que Gahonne crut qu'elle mourait ! A son plaisir se mêlait un intense dégoût et, avec horreur, la jeune femme se rendit compte que cela ajoutait du piment à sa jouissance.

Pas un seul moment, durant l'étreinte, elle n'osa regarder son hideux partenaire. Elle aurait voulu que son corps demeure de pierre, insensible sous les coups de boutoir qui le dévastaient. Mais elle ne put s'empêcher de bouger, de s'accorder avec son amant de cauchemar mieux qu'elle ne l'avait jamais fait avec un être humain. Les yeux clos, elle gémit, cria, appelant la créature à ce qu'elle la possède toujours plus, toujours mieux.

Lorsque enfin le monstre se retira de son corps souillé et brisé de bonheur, elle demeura pantelante, un bras replié devant les yeux. Elle haletait, modulant une plainte sourde. Elle sentit l'être effleurer de sa main sa féminité moite de semence et un frisson la parcourut. Désirait-il la reprendre ? Elle avait accepté ses caprices, ses fantaisies. Malgré sa honte elle savait que, si tel était son désir, elle ne le repousserait pas plus que la première fois.

— Regrettes-tu ce qui vient de se passer, Gahonne-la-Rouge ? interrogea le monstre.

Sans enlever son bras, elle secoua la tête.

— Pas un seul instant, répondit-elle.

La main remonta vers ses seins, sa gorge, qu'elle caressa avec une douceur surprenante, avant de se refermer sur elle. Gahonne ne réagit pas, résignée à tout ce que pourrait lui faire la créature, même la tuer.

— Ton honnêteté te vaudra peut-être de percer le secret de ces lieux maudits ! persifla le monstre. A moins qu'elle ne cause ta perte !

Il relâcha son étreinte. Gahonne ne bougea pas, ses bras repliés sur ses yeux.

— Tu ES l'Amshafahr, murmura-t-elle.

Il n'y eut pas de réponse. Gahonne serra les dents, envahie par un subit chagrin, mêlé de colère. Elle roula sur le côté, demeura immobile, les jambes ramenées contre son torse.

Elle sombra dans un sommeil sans rêve.

Lorsqu'elle se réveilla, hébétée, sa première pensée fut qu'elle avait été victime d'un songe. Elle se redressa, contempla l'immensité de sable. Ses vêtements étaient posés, pliés, sur une pierre plate. Elle secoua la tête. Rien n'indiquait qu'elle eût fait l'amour avec quelque créature que ce fût, humaine ou monstrueuse. Elle glissa une main entre ses cuisses. Sa chair était en repos, nulle liqueur masculine ne s'en écoulait. Elle appuya ses poings sur ses tempes.

— Qu'est-ce qui m'arrive ? gémit-elle. Je deviens folle !

Elle prit soudain conscience de sa solitude, et ce fut comme un coup de fouet. Elle se leva d'un bond.

— Oïchi ! appela-t-elle. Utta ! Monith...

L'écho de sa voix roula sur les dunes. Elle leva la tête. Un soleil implacable brillait dans un ciel couleur de métal poli. La panique monta en elle, mais elle refusa d'y céder. Elle avait déjà vécu de semblables moments. Elle se trouvait dans un monde parallèle, une autre probabilité existentielle. Elle ramassa ses vêtements. Ils étaient intacts, mais poussiéreux comme s'ils avaient séjourné là durant très longtemps. Elle s'habilla, se demandant si l'Amshafahr lui était réellement apparu, l'avait possédée, ou bien si cela avait été pure illusion, provoquée par le maître des lieux. Elle se ceignit de ses armes.

Elle tourna lentement sur elle-même.

— Amshafahr, cria-t-elle soudain, qui que tu sois, tu ne me feras pas sombrer dans la folie !

Elle se tut. En contraste avec son cri, le silence du désert lui parut encore plus pesant.

— Montre-toi ! Ose te dresser devant moi !

Mais l'Amshafahr ne lui répondit pas. Gahonne haussa les épaules, se sentant assez ridicule. Il ne servait à rien de hurler comme ça. Il fallait avant tout qu'elle retrouve son fils et ses compagnons. Elle fixa l'étendue désertique. Pourquoi les avait-on séparés d'elle ? Où se trouvaient-ils ? Étaient-ils prisonniers de l'Amshafahr ? Et, si oui, pourquoi pas elle ?

Aucune empreinte ne s'imprimait dans le désert. Par contre, il sembla à Gahonne qu'une sorte de tourbillon s'élevait au-dessus de l'horizon. Elle pinça les lèvres. Dans cette direction ou ailleurs, quelle importance ? Sans oser penser à ce qui se passerait si elle devait errer à jamais dans ce désert inconnu, elle se mit en marche, les yeux fixés sur l'imperceptible trombe.

Gahonne marcha un long moment, faisant le vide dans son esprit pour ne pas se laisser prendre au vertige que l'immensité imprimait en elle. Mais elle ne pouvait empêcher de fugitives pensées de traverser son cerveau. Par quel cheminement la Montagne de Cristal l'avait-elle menée là ? Ce désert n'avait rien de commun avec les mondes sur lesquels ouvrait la Porte de Flamme... Et le monstre auquel elle s'était unie... Était-il bien l'Amshafahr ? Pourquoi alors, au lieu de le combattre, avait-elle éprouvé tant de plaisir en se donnant à lui ? Mais ce monstre n'avait peut-être existé qu'au travers de ses fantasmes. Elle le souhaitait... tout en éprouvant un étrange pincement au cœur.

Mais toutes ces interrogations n'étaient rien en face de l'angoisse de Gahonne devant la disparition d'Oïchi. L'Amshafahr avait-il enlevé son fils ? Il devait connaître la prédiction et savait que l'enfant était son ennemi. S'il l'avait tué...

Au bout d'un temps indéterminé, Gahonne se retourna. Un sentiment d'accablement pesa sur elle. A ses pieds, le sable était piétiné, mais aucune trace ne s'étirait à sa suite, à croire qu'elle n'avait pas avancé d'un pas.

— Ce n'est pas possible ! murmura la jeune femme.

Malgré toute sa volonté, la panique revenait en elle. Elle se força à respirer calmement. Elle ruisselait de transpiration, dans ses habits de peau. Lentement, posément, elle se défit de ses armes et se dévêtit. Puis elle enfila sa cotte de mailles arfalisse à même son corps nu, comme autrefois, lorsqu'elle errait en compagnie d'Utta. Elle se sentit mieux, ainsi légèrement vêtue. Elle reprit ses armes. Un vague sourire erra sur ses lèvres. L'Amshafahr ne l'avait pas encore vaincue !

Le tourbillon flottait toujours au-dessus de l'horizon. Sans un regard pour ses vêtements qu'elle abandonnait, Gahonne reprit sa marche.

Gahonne-la-Rouge avança et avança encore, refusant l'écoulement du temps, les yeux fixés sur la trombe qui la guidait. Par moments, il lui semblait que le tourbillon se rapprochait. A d'autres, il s'éloignait et elle ne le distinguait plus qu'à peine. Il jouait avec elle, comme un chat avec une souris, mais elle refusait les règles de ce jeu. Obstinée, le pas régulier, la tête basse, elle continuait de marcher, escaladant dune après dune, de minuscules cascades de sable accompagnant chacun de ses pas, la chaleur du soleil cuisant ses cuisses et ses bras nus, mais sans que son allure trahisse la moindre fatigue. Une volonté farouche animait la jeune femme. Elle tomberait peut-être d'épuisement, mais pas avant d'être allée au bout d'elle-même, ou au-delà !

La soif la torturait. Tout d'abord, elle l'avait refusée, comme elle refusait la fatigue. Mais elle grandit, se fit intolérable et, bientôt, Gahonne la sentit occuper chacune de ses pensées, alourdir chacun de ses pas. Passant une langue épaisse sur ses lèvres desséchées, elle serra les poings et adressa une pensée haineuse à l'Amshafahr, qui qu'il fût !

Soudain, levant la tête, elle s'aperçut que le tourbillon était tout proche. Elle se demanda s'il allait lui échapper une nouvelle fois, mais il ne s'éloigna pas. Se forçant à respirer lentement, elle gravit une nouvelle dune, s'enfonçant dans le sable rouge jusqu'à mi-mollet — mais toujours sans laisser de traces derrière elle. Elle atteignit le sommet du monticule, s'immobilisa, interdite.

Au bas de la dune s'étendait un bouquet d'arbres au feuillage luxuriant. Elle entendit le glouglou d'une source. Un vent frais souffla sur son visage, mêlé à des senteurs de verdure.

Avec un sanglot, Gahonne se précipita en avant. Elle trébucha, perdit l'équilibre, acheva de dévaler la pente raide en roulant sur elle-même dans un grand nuage de sable. Elle se releva, toussant et crachant, voulut se précipiter vers l'eau salvatrice...

Deux silhouettes se dressèrent devant elle.

Gahonne retint son élan, chassa d'un revers de main le sable qui maculait son visage. Elle reconnaissait deux de ses compagnons arfalisses, un guerrier et une guerrière. Elle ne comprenait pas. Ils lui barraient le passage, leurs haches levées.

— Mais... vous êtes devenus fous ! gronda-t-elle. Qu'est-ce qui vous prend ?

Ils ne répondirent pas. Elle fixa leurs visages inexpressifs. Leurs yeux ressemblaient à des taches sombres dépourvues de vie.

— C'est moi, Gahonne-la-Rouge ! insista-t-elle. Vous ne me reconnaissez pas ?

Ce devait être un sortilège. Elle fit un pas en direction des deux jeunes gens. Ils avancèrent également vers elle, en s'écartant l'un de l'autre, l'arme haute.

Gahonne réalisa qu'ils allaient l'attaquer. Elle dégaina son épée, l'assura entre ses poings et se mit en garde.

— Par les dieux, éveillez-vous ! supplia-t-elle.

Elle ne put en dire plus. Les Arfalisses s'étaient jetés sur elle, en un assaut parfaitement synchronisé. Elle n'eut que le temps de plonger en avant, et sentit le souffle des haches effleurer le sommet de son crâne. Elle roula dans le sable, se releva, pivota sur elle-même pour faire tête à ses assaillants. Ils revenaient déjà à l'attaque.

— Le diable vous emporte ! gronda-t-elle, la colère surpassant l'étonnement.

Elle fonça, prenant de vitesse ses adversaires. Ses réflexes n'étaient pas émoussés, la rage décuplait son habileté. Elle passa entre les deux Arfalisses, pliée en deux, et donna un grand coup de pied dans le sable. Une gerbe vola en direction du visage de la guerrière qui, instinctivement, porta ses mains à ses yeux. L'instant d'après, la pointe de l'épée de Gahonne passait sous le rebord de sa cotte de mailles et lui ouvrait le ventre, d'une hanche à l'autre. Un flot de sang jaillit et la femme s'effondra avec un cri d'agonie.

La hache du guerrier s'abattit alors que Gahonne bondissait en arrière. La jeune femme ressentit un choc violent sur son épaule gauche et son bras se retrouva engourdi. Mais elle ne lâcha pas son épée. Elle tomba à genoux. L'Arfalisse leva son arme pour lui fendre le crâne. D'une seule main, elle porta un violent coup d'estoc. Son épée déchira les mailles du métal, s'enfonça au niveau de l'estomac du guerrier. Les yeux de l'homme se mirent à briller, comme si le malheureux se rendait seulement compte, mais trop tard, de ce qu'il faisait et où il se trouvait. La hache lui échappa et chut dans le sable. Avec une grimace, Gahonne arracha son arme de l'abdomen de son adversaire.

Le guerrier chancela, du sang s'écoulant entre ses jambes. Il leva un bras, en un geste de supplication, et s'effondra tout d'un bloc.

Le souffle rauque, Gahonne se releva. Elle contempla les deux cadavres, secoua la tête d'incompréhension. Mais elle avait trop soif et souffrait trop de son épaule pour s'attarder à examiner ses victimes ou essayer de comprendre quel enchantement les avait ainsi conduites à l'attaquer. Elle se rua vers l'oasis, se guidant au bruit de la fontaine. Elle franchit un rideau d'arbres, découvrit une petite fontaine circulaire, bordée d'un muret de pierres sèches, au milieu de laquelle bouillonnait un tourbillon. Elle s'affala à plat ventre, le visage dans l'eau, et but longuement, indifférente à tout ce qui n'était pas la vie qui revenait en elle, fraîche comme ce nectar !

Elle releva enfin la tête. Ses courtes mèches rousses ruisselaient, collées à son front. Elle se lécha les lèvres. Mais un élancement cruel, à l'épaule, la rappela aux réalités. Elle s'accroupit et, serrant les dents, dénoua les épaulières de sa cotte. Le vêtement glissa le long de son torse. Son épaule gauche et son bras étaient rouges de sang. Se tordant le cou et louchant, elle se rendit compte qu'elle avait une large entaille en haut du bras. Elle frémit. Si l'Arfalisse avait mieux frappé, elle aurait eu le membre tranché.

Elle essaya de le remuer, y parvint au prix d'une douleur qui la laissa haletante, mais comprit que la blessure n'était pas trop profonde. Elle recueillit un peu d'eau dans sa main et, tant bien que mal, lava sa plaie. Le sang coulait toujours. Il fallait qu'elle stoppe cette hémorragie. Elle regarda tout autour d'elle, comme pour chercher de l'aide. Mais elle était désespérément seule. Se souvenant alors d'un détail, elle se releva et, retraversant l'oasis, retourna auprès des cadavres des deux Arfalisses. Elle ne se trompait pas. Ils portaient, accrochés à leur ceinturon, leurs sacs-médecine. S'efforçant de ne pas regarder les visages des morts, elle saisit les petites bourses, les ouvrit.

Elle soupira en découvrant des aiguilles d'os, des fils de tendons, des pots d'onguent, d'herbes médicinales. Elle accrocha les sacs à sa propre ceinture, dégaina son poignard et découpa des bandes dans les tuniques que les guerriers portaient sous leur cotte. Puis, recrue de fatigue et de souffrance, elle retourna vers la fontaine.

Elle se figea, une nouvelle fois saisie de stupéfaction, en voyant la tente qui, pour l'heure, s'élevait de l'autre côté du plan d'eau.

Si Gahonne était bien certaine d'une chose, c'est qu'aucune tente ne se dressait dans l'oasis, alors qu'elle buvait l'eau de la fontaine. Nul être au monde n'aurait pu en monter une aussi vite, mais peu lui importait ! Cette tente était un abri et, dans l'état où elle se trouvait, l'aspect insolite des choses importait peu à la jeune femme.

Gahonne se traîna vers la tente et s'y laissa tomber, ivre de fatigue. Elle demeura un long moment immobile, à demi inconsciente, le corps traversé d'élancements douloureux. Enfin, elle parvint à s'asseoir. Elle reposait sur d'épais et moelleux tapis. Elle fronça les sourcils, reconnaissant le même doux contact que lorsqu'elle faisait l'amour avec le monstre. Était-ce sur ces tapis que la créature l'avait possédée ?

Mais cela non plus n'avait pas d'importance. Gahonne s'arma de courage, saisit une aiguille dans un sac-médecine et, s'aidant de la bouche, pitoyablement maladroite, parvint après de nombreuses tentatives infructueuses à enfiler un tendon dans le chas. Puis elle respira un grand coup et entreprit de se recoudre l'épaule...

Lorsqu'elle en eut fini, son corps ruisselait de sueur. A plusieurs reprises, la jeune femme avait cru qu'elle allait s'évanouir. Mais sa volonté avait été la plus forte. Livide, elle loucha sur sa plaie suturée. Le sang ne coulait plus. Elle appliqua les bandages sur sa blessure et, enfin, se laissa aller sur le dos, ses seins soulevés par sa respiration hachée et douloureuse.

Elle sombra dans le sommeil.

CHAPITRE X

Gahonne s'éveilla, en proie à une soif dévorante. Elle n'avait aucune idée du temps qu'elle avait dormi. L'intérieur de la tente était envahi d'ombres, mais, à l'extérieur, elle distinguait une clarté rougeâtre. Elle se redressa, essaya de remuer son bras gauche. Elle pouvait le plier au niveau du coude, mais pas l'élever. Elle hésita à enfiler sa cotte de mailles, y renonça, doutant que son épaule supporte le contact du tissu armé.

Elle se leva, sortit de la tente et se dirigea vers la mare. Elle se sentait faible mais, somme toute, pas trop malade. Tout en buvant, elle songea qu'elle devrait trouver un moyen d'emporter de l'eau, lorsqu'elle reprendrait sa route. Rien ne l'assurait qu'elle retrouverait de sitôt une oasis au milieu de ce désert.

Une fois désaltérée, elle retourna vers la tente, considérant d'un œil dubitatif la toile qui battait dans le vent. Elle se pencha pour entrer, et vit... sur une table de la vaisselle fine emplie de nourriture : viandes, légumes, fromages, pâtisseries. Dans une carafe, un vin rouge sombre. Sur les tapis, des coussins... Une fumée odoriférante montait d'une cassolette d'or.

Sifflant entre ses dents, Gahonne s'assit sur un des coussins. Elle regarda les mets, sans vouloir s'étonner de ce nouveau prodige. Elle se rendit compte qu'elle avait faim.

— Eh bien mangeons, soupira-t-elle. Puisque la table est mise !

La nourriture était délicieuse et le vin capiteux. Il y en avait plus qu'elle pouvait manger ou boire. Quand son appétit fut rassasié, elle se laissa aller à un sentiment de bien-être qu'elle n'avait pas connu depuis longtemps.

— Est-ce à l'un de tes caprices que je dois ce traitement de faveur, Amshafahr ? interrogea-t-elle à voix haute. Est-ce également à l'un de tes caprices que je dois d'avoir dû tuer deux de mes compagnons ?

Nul, bien sûr, ne lui répondit. Elle poursuivit, amère :

— Comme tu dois t'amuser de me voir nue et blessée. Ta nature perverse se réjouit-elle ? C'est si facile, de faire souffrir les autres quand on ne s'expose à aucune riposte...

Elle se tut. A quoi bon cette rancœur ? Nulle apparition ne se matérialisait en réponse à ses paroles. Découragée, elle traîna un pouf à l'entrée de la tente, s'assit dessus. Le soleil semblait bas sur l'horizon. L'obscurité gagnait lentement l'oasis.

— Demain, je partirai, reprit la jeune femme. Avec ou sans aide je te traquerai, Amshafahr... Je te traquerai jusqu'à ce que tu me rendes mon fils... Jusqu'à ce que tu libères les Arfalisses ! Et si tu refuses de le faire, alors nous nous battrons ! Et l'un de nous deux mourra... Je te le jure !

Elle resta un long moment à contempler le crépuscule de cet étrange monde, en proie à un poignant sentiment de solitude. Puis elle rabattit le pan de tissu qui servait de porte à son abri, s'allongea sur un épais tapis, disposa un coussin sous sa nuque.

Mais, cette fois, le sommeil fut long à venir...

Lorsqu'elle s'éveilla, la première chose que vit Gahonne fut un long vêtement, posé, déplié, sur une table basse. Elle ne s'en étonna même pas. Elle se leva, effectua un timide mouvement du bras gauche. Son épaule la faisait toujours souffrir, mais semblait moins raide. Elle saisit le vêtement. C'était une longue et ample robe à larges manches, dotée d'une capuche, et qui descendait jusqu'à ses pieds. Gahonne se dit qu'une telle vêture serait beaucoup plus confortable pour voyager que sa raide cotte de mailles arfalisse. Mais était-elle en état de voyager ? Et le problème de l'eau, comment le résoudre ?

Elle alla faire ses ablutions à la fontaine. Alors qu'elle changeait ses pansements, le vent se leva brusquement, charriant des nuages de sable qui cinglèrent sa peau nue. Elle courut se mettre à l'abri. Sous la tente, une nouvelle surprise l'attendait. Des fioles, des pots, des linges propres et doux avaient été disposés sur une natte. Ouvrant les récipients, elle reconnut, à l'odeur, diverses médications. Elle en appliqua sur son épaule, en absorba d'autres, avec de l'eau. Elle ne cherchait pas à savoir qui prenait ainsi soin d'elle, mais elle aurait été bien sotte de ne pas profiter d'une telle bienveillance.

Le vent de sable souffla durant plusieurs jours, et Gahonne n'eut rien d'autre à faire que demeurer cloîtrée sous sa tente à manger, boire, soigner son épaule et refaire ses forces. Quand enfin la tempête se calma, elle se sentait beaucoup mieux. Sa plaie à l'épaule ne la faisait plus souffrir. Elle en garderait sans doute une cicatrice, mais, après tout, des cicatrices, elle en avait déjà, au corps et à l'âme. Une de plus, une de moins...

Elle enfila sa robe et, comme elle l'avait pressenti, se trouva bien. Le vêtement était doux sur sa peau et la protégerait efficacement des rigueurs du soleil. Elle chaussa ses bottes et sortit de la tente, clignant des paupières. La lumière rouge l'éblouissait en se réverbérant sur le sable.

Un hennissement lui fit lever la tête. Elle demeura stupéfaite, n'en croyant pas ses yeux...

Chataham l'attendait, piaffant d'impatience, s'ébrouant et secouant sa tête hirsute. Un Chataham harnaché d'une selle de cuir et de rênes tressées. Sur sa croupe ballottait une outre en peau de chèvre, et à l'arçon de la selle était accrochée une longue épée forgée dans un métal que la jeune femme n'avait encore jamais vu.

— Mon Chataham ! murmura Gahonne, tremblante.

Elle courut vers son cheval, refrénant des sanglots de joie. Elle ne comprenait pas par quel sortilège l'animal se trouvait là, mais tout à coup elle n'était plus seule ! Elle tendit la main et le cheval flaira ses doigts. Lorsqu'elle retourna, un peu ivre, vers sa tente, il la suivit de lui-même.

Gahonne récupéra ses armes. Elle ne put se résoudre à abandonner son glaive de bronze et le suspendit à côté de l'épée, songeant qu'elle n'avait jamais voyagé avec un tel arsenal. Puis, glissant son pied dans l'étrier, ce qu'elle n'avait pas l'habitude de faire, elle se jucha en selle, ramena les pans de son vêtement le long de ses cuisses et rabattit la capuche sur sa tête. Elle donna du talon à sa monture, qui partit au trot. Elle lui fit effectuer plusieurs voltes, juste pour le plaisir, caressa l'encolure au crin rude.

— Mon vieil ami, murmura-t-elle. Je crois qu'il ne nous reste plus qu'à nous mettre en route !

Elle leva les yeux en direction du désert, et ne fut pas étonnée d'apercevoir à nouveau le tourbillon qui l'avait déjà guidée. Elle poussa Chataham. Au petit galop, l'animal piqua vers l'immensité des dunes.

Alors qu'elle achevait de gravir la première d'entre elles, Gahonne retint sa monture. Mue par un étrange instinct, elle se retourna.

L'oasis, la fontaine, la tente... Tout avait disparu. Il ne subsistait, au milieu de l'étendue de sable, que les corps des deux Arfalisses. A côté se tenait le monstre qui s'était accouplé avec la jeune femme, et lui avait donné tant de bonheur.

Gahonne et la créature se considérèrent longuement, leurs regards vrillés l'un à l'autre. Gahonne ressentait l'inconcevable désir de faire demi-tour et de rejoindre cet être de cauchemar et, plus surprenant encore, elle devina que l'apparition éprouvait le même désir.

Le monstre leva un long bras simiesque, esquissa un geste comme pour l'appeler. Elle se détourna et, brutalement, enfonça ses talons dans les flancs de Chataham. Le cheval dévala la dune au grand galop.

Gahonne ne se retourna que lorsqu'elle eut franchi plusieurs collines de sable. Le monstre n'était plus en vue. Alors elle ralentit sa folle allure.

Et laissa ses larmes couler sur son visage...

Tout le jour, Gahonne poursuivit sa route. Chataham semblait infatigable. Elle le ménageait cependant, ignorant combien de temps durerait ce voyage. Tout en chevauchant, elle songeait à la créature. Elle existait bel et bien, n'était pas issue de ses songes, et lui avait fait l'amour ! Elle aurait dû ressentir du remords, éprouver de la répulsion pour cet accouplement immonde, mais ce n'était pas le cas. Qu'était-elle donc, pour ne pas être dégoûtée par sa propre perversion ? Son union avec ce monstre avait sûrement un sens, comme chacun de ses actes en ce monde. Mais lequel ? Et pourquoi l'être n'était-il pas venu la rejoindre, lorsqu'elle était seule sous sa tente ? Malgré son aspect repoussant, elle savait bien qu'elle ne l'aurait pas repoussé...

Lorsque le soleil fut bas sur l'horizon, Gahonne décida de faire halte. Elle donna à boire à Chataham, but elle-même, se rationnant. L'outre était rebondie, mais elle préférait se montrer prudente. Elle doutait cependant de mourir de soif. Pourquoi lui aurait-on fourni de l'eau pour l'abandonner ensuite ? Il aurait été si simple de la laisser périr à son arrivée en ce monde.

Avec philosophie, Gahonne se dit qu'il ne servait pas à grand-chose de se poser des questions qui obtiendraient leurs réponses en temps voulu...

*
**

Les jours passèrent et l'outre ne désemplissait pas. Les dunes succédaient aux dunes, les sabots de Chataham ne laissaient aucune marque dans le sable et le tourbillon flottait à l'horizon.

Et Gahonne sentait la folie qui la guettait.

Un soir, à la nuit, elle mit pied à terre, déchargea Chataham de ses armes et de ses bagages et dit :

— J'attendrai ici. Advienne que pourra !

Elle s'assit sur le sable, songeuse, grignota un peu du pain devenu dur qu'elle avait emporté en quittant l'oasis. Elle s'absorba dans la contemplation des dunes qu'éclairaient les ultimes rayons du soleil rasant. Des langues de feu les embrasaient, comme si des titans avaient allumé un gigantesque incendie au-delà de l'horizon.

— C'est beau, murmura la jeune femme, comme pour elle-même. Je n'ai jamais rien vu d'aussi beau !

Elle ouvrit sa robe pour se donner un peu d'air. Elle avait cuit dans son jus depuis le matin. Elle poursuivit son soliloque.

— C'est étrange... Je me prends à aimer cette désolation. Est-ce ton royaume, Amshafahr ? Est-ce celui d'un dieu capricieux ? Peu importe... Il ne me faudrait pas beaucoup pour que je m'y sente bien...

Lorsque la nuit fut entièrement tombée, elle s'allongea. Elle avait pu se rendre compte que la température tombait durant l'obscurité, et elle s'apprêta à grelotter. Si seulement elle avait pu faire du feu... Si seulement elle avait pu parler à quelqu'un... N'importe qui...

Un crépitement de flammes, ainsi qu'une douce sensation de chaleur l'éveillèrent. Elle ouvrit les yeux et crut rêver encore. Un feu brûlait, à deux pas d'elle, et, sur une natte, des plats et une calebasse étaient disposés. Elle se redressa, incrédule, tendit la main vers un beau pain frais... Son geste s'interrompit.

Le monstre se tenait assis de l'autre côté du foyer et la contemplait silencieusement.

L'espace d'un instant, Gahonne fut tentée de se saisir de son épée. La créature dut deviner ses pensées, car elle eut une grimace qui pouvait passer pour un sourire et dit, de sa voix désagréable :

— Tu n'en aurais pas le temps, Gahonne-la-Rouge. Je te mettrais en pièces avant que tu aies levé ton arme... Mange et bois plutôt. Tu en as besoin.

Gahonne ne se fit pas prier. Les mets étaient succulents,

l'eau fraîche. Son appétit rassasié, sa soif étanchée, elle se bassina le visage et la nuque. Elle ne s'était pas lavée depuis son départ de l'oasis.

— Est-il vrai, interrogea soudain la créature, que tu as souhaité me voir près de toi ?

Gahonne ne fut pas vraiment étonnée que le monstre eût deviné ses pensées.

— C'est vrai, répondit-elle au bout d'un instant.

— Est-il également vrai que tu m'aies espéré... charnellement ?

Gahonne baissa les yeux, sentant absurdement ses joues s'empourprer.

— C'est vrai...

— Ne sais-tu pas mentir, Gahonne-la-Rouge ?

Gahonne eut un sourire sans joie.

— Pourquoi mentir ? Je suis lasse des comédies et faux-semblants. De toute manière, si je te mentais, tu t'en rendrais tout de suite compte. Tu lis en moi, n'est-ce pas ?

Le monstre secoua sa tête hideuse.

— Je ne lis que ce que tu veux bien me laisser lire... Mais ce que je lis est d'une pure clarté.

Inexplicablement, Gahonne se sentit heureuse du compliment.

— Je suppose que tu ne me diras pas si tu es l'Amshafahr, murmura-t-elle.

— Je ne répondrai à aucune de tes questions. Je peux seulement te révéler que ta venue était attendue en ce monde depuis fort longtemps.

— Ma venue ou celle de mon fils ?

Le monstre ne répondit pas.

— Comment va-t-il ? demanda encore Gahonne. Peux-tu au moins me rassurer sur son sort ? Je suis sa mère et je tremble pour lui...

La créature eut une hésitation.

— Il n'est pas menacé... Mais tu dois éviter de trop penser à lui. Les nuages risqueraient de s'accumuler sur sa tête.

Gahonne sourcilla d'étonnement.

— Que veux-tu dire ? Je...

— Cesse de poser des questions ! la coupa le monstre avec une violence inattendue. Tu ne sais pas voir l'essentiel ! Il va te falloir accomplir d'autres épreuves, affronter d'autres périls ! Si tu te laisses distraire, tu mourras !

Gahonne demeura silencieuse, les yeux fixés sur les flammes. Elle entendait le souffle rauque du monstre. Elle se leva, fit quelques pas, respirant l'air frais de la nuit. Une envie puissante faisait vibrer son corps. Les mains tremblantes, elle ouvrit sa robe, la laissa choir sur le sable. Elle se retourna.

Le monstre avait disparu...

Elle éclata en sanglots.

Le claquement sec d'un sabot de Chataham sur un rocher la tira de son sommeil. Elle ouvrit les yeux, se demandant où son cheval avait pu trouver un roc dans ce désert de sable.

Elle ne se trouvait plus dans le désert, mais au milieu d'une vaste prairie à l'herbe grasse, semée de fleurs. Un rideau d'arbres élevait ses vertes frondaisons de l'autre côté d'un ruisseau. Des milliers d'oiseaux pépiaient dans les ramures. Un lapin s'enfuit, lui montrant la touffe blanche de sa queue.

Gahonne s'assit, clignant des paupières. Elle était nue et sa grande robe à capuche avait disparu. A la place, une courte tunique était accrochée à une branche, si légère que la brise la faisait battre comme une oriflamme.

— Eh bien, maugréa Gahonne en se levant, je vois que nous en avons fini avec le désert !

Elle alla se laver au ruisseau, puis s'habilla. La tunique ne couvrait pas grand-chose de ses formes. Elle aurait tout aussi bien pu aller nue !

Elle se sentait maussade, frustrée. Parce que le monstre s'était refusé à ses avances ? Elle ne comprenait pas ce désir qu'elle avait de s'unir à cette horrible créature. Sans doute ce monstre, qu'il fût ou non l'Amshafahr, lui avait donné un intense plaisir, aussi violent que ce qu'elle avait autrefois ressenti entre les bras de Barran. Mais n'y avait-il que la soif du plaisir ? Ne cherchait-elle pas autre chose ?

— Je deviens folle ! gronda Gahonne. C'est d'errer dans ce monde impossible qui me fait perdre la tête !

Elle sella rageusement Chataham, chargea ses armes et ses bagages, sauta sur le dos de l'animal.

Il fallut une bonne partie de la journée pour que sa colère se calme. Lorsqu'elle recouvrit son sang-froid, elle se rendit compte qu'elle avait atteint une route, et qu'elle la suivait machinalement. Elle tira sur les rênes, perplexe, et Chataham s'arrêta. Pensive, Gahonne considéra la voie, tracée au milieu des bosquets et prairies. Comment savoir où aller ? Il n'y avait plus de tourbillon pour la guider.

Elle souffla entre ses lèvres, fataliste. Autant laisser faire Chataham. Elle arriverait bien toujours quelque part.

Elle donna du talon au petit cheval, qui se mit au trot, se cala sur sa haute selle. Elle s'était habituée à monter de la sorte. C'était si confortable qu'il lui semblait qu'elle pourrait sans fatigue atteindre les limites de l'univers. Et le contact de sa tunique de soie, sur sa peau, était bien agréable...

Quatre jours durant, Gahonne chevaucha à travers les mêmes prairies, les mêmes bosquets, le long de la même route, s'abreuvant dans les mêmes ruisseaux et se nourrissant des provisions emportées dans les fontes de sa selle, et qui se renouvelaient chaque soir. La jeune femme ne se posait plus de questions, ainsi que le lui avait conseillé le monstre. Elle attendait, tout simplement...

Ce fut vers le milieu du cinquième jour que Chataham, d'un coup, quitta la route et, prenant le galop, traversa une pâture, se dirigeant en droite ligne vers un chêne immense qui poussait au sommet d'un petit tertre. Sortant de sa rêverie, Gahonne se demanda quel tour le maître des lieux lui réservait.

Chataham s'arrêta à quelque distance de l'arbre géant. Gahonne se laissa glisser à terre, décrocha la longue épée de l'arçon de la selle. Le poids de cette arme la surprenait chaque fois qu'elle la prenait en main, mais elle se doutait que cette lame devait être infiniment plus meurtrière que son homologue de bronze.

Elle s'avança vers l'arbre. Elle n'en était qu'à dix pas lorsque sortit, de derrière le tronc gigantesque, une silhouette qu'elle commençait à bien connaître. Un élan instinctif pressa le pas de la jeune femme, tandis qu'un sourire se peignait sur ses lèvres.

Ce manège n'échappa pas au monstre, dont le dur regard se teinta d'étonnement et presque de timidité.

— Je suis contente de te revoir ! s'écria spontanément Gahonne en s'approchant de la créature.

Le monstre était encore plus laid, difforme qu'il avait pu lui sembler, mais elle le saisit par ses épaules massives, comme un vieil ami.

— Tu m'as manqué, dit-elle.

La créature ne la regardait pas en face. Gahonne hésita et, doucement, le saisissant par son mufle bestial, le força à lui faire face.

— Qu'est-ce qui ne va pas ? demanda-t-elle.

Le monstre ne répondit pas. Gahonne approcha son visage du sien.

— Amshafahr, murmura-t-elle, dis-moi ton secret...

La réaction du monstre fut toute différente de celle que la jeune femme attendait. Il la repoussa avec une telle violence qu'elle en chut sur le derrière. Les traits déformés par la rage, le monstre leva son poing griffu.

— Je devrais te tuer ! hurla-t-il. Te tuer et je serais délivré ! Je pourrais t'oublier, cesser de me torturer à ton sujet, Gahonne-la-Rouge ! Je refuse ta bonté, ta pureté, ton courage ! Je refuse que tu me parles comme à un être bon, généreux ! Je ne suis pas bon ! Oui, je suis l'Amshafahr ! Je suis un tyran ! Je suis le maître de ce monde ! Le maître... le... maî...tre...

Devant les yeux ébahis de Gahonne, l'Amshafahr se détourna. Ses poings s'abaissèrent, ses épaules furent secouées de sanglots. Un gémissement s'échappa de sa poitrine.

Gahonne se releva, la gorge nouée. La détresse du monstre lui perçait le cœur. Elle s'avança vers lui, esquissa un geste, se ravisa. Brutalement, elle planta son épée dans le sol.

— A l'instant où je me suis trouvée dans tes bras, dit-elle, j'ai su que tu étais l'Amshafahr. J'aurais dû te haïr, essayer de te tuer... Mais je ne te hais pas et je veux que tu vives... Amshafahr... Quelle est cette malédiction qui te déchire l'âme et te rend cruel ?

L'Amshafahr darda sur elle un regard pathétique. Elle voulut à nouveau poser sa main sur son épaule, mais il recula. Alors, saisie d'une impulsion, elle s'agenouilla en face de lui, écarta les bras.

— Tue-moi, dit-elle, très calme. Tue-moi si cela peut apaiser ton mal. Tue-moi et libère mon fils... En franchissant les bornes de ton royaume, j'ai su que je t'appartenais... Fais de moi ce qu'il te plaira pourvu que s'achèvent les heures sombres !

Les traits hideux de l'Amshafahr avaient reflété une profonde stupeur à mesure que Gahonne parlait. Lorsqu'elle se tut, le monstre était visiblement bouleversé. De toute sa taille, il dominait la jeune femme. Ses mains s'approchèrent de son visage, l'effleurèrent.

— Gahonne-la-Rouge, murmura l'Amshafahr. Oh... Gahonne-la-Rouge... Si tu pouvais connaître la vérité de mon cœur...

— Je n'ai soif de rien d'autre ! s'écria la jeune femme en lui saisissant les mains et les couvrant de ses larmes.

Le monstre ouvrit sa gueule, comme s'il voulait parler. Mais, soudainement, il se raidit, se dégagea. Il recula.

— Relève-toi et suis-moi, Gahonne-la-Rouge, ordonna-t-il.

Gahonne obéit, consciente que l'instant où l'Amshafahr aurait pu se confier à elle était passé. Ils contournèrent le chêne. Elle découvrit alors, offerte sur un présentoir, une armure telle qu'elle n'en avait jamais vu. La jupe et la cotte de mailles, lacées de soie or et pourpre, resplendissaient dans les rayons du soleil. Des épaulières articulées couvraient les bras. Un casque à couvre-nuque, des gantelets et des bottes complétaient l'ensemble. Mais la jeune femme demeura insensible à la splendeur de ce vêtement de guerre.

— Si tu m'offres cette armure, dit-elle à l'Amshafahr, c'est qu'une nouvelle épreuve m'attend.

— Revêts-la, se contenta de répondre le monstre.

Gahonne se dépouilla de sa tunique, apparaissant dans toute sa nudité. Elle toucha le casque du bout des doigts. S'agissait-il d'un rite ? Elle avait l'impression d'être sur le point de changer de peau.

Un à un, elle décrocha les éléments de l'armure et les enfila.

— Amshafahr, murmura-t-elle, sans regarder la créature, que m'importe ta laideur. Je vois au-delà de ton apparence. Je suis une femme qui a tout perdu... Hors une chose...

Elle tourna la tête, ne fut pas surprise que l'Amshafahr ait disparu. Elle ramassa son épée et, le pas lent à cause du poids de l'armure, auquel elle n'était pas accoutumée, elle se dirigea vers Chataham.

— Hors une chose, répéta-t-elle. L'espoir !

CHAPITRE XI

La prairie, la forêt disparurent pour faire place à une vaste lande rase, semée de cailloux et de maigres buissons. Des mares étalaient une eau glauque et croupissante entre de larges étendues cendreuses. L'air charriait une humidité pénétrante et des bourrasques de pluie aveuglaient par instants la voyageuse.

Gahonne poursuivait obstinément son chemin, au milieu de cette désolation. Elle demeurait sous le coup de sa dernière rencontre avec l'Amshafahr et, lorsqu'elle se remémorait les paroles du monstre, un violent émoi l'habitait. Elle essayait de se souvenir de l'instant où, dans le monde des humains, elle avait eu l'intuition de la nature du monstre. Pourquoi cette révélation lui avait-elle si vite échappé ? Il était capital qu'elle comprenne ce qui lui arrivait. L'Amshafahr était sans doute un tyran, un démiurge cruel, mais il se cachait autre chose derrière cette apparence. Elle avait compris que cet être était malheureux. Au moins autant qu'elle-même...

Tout à coup, alors qu'un nouveau jour succédait à un jour passé et que la lande demeurait immuable, Chataham eut un frémissement. Tirée de ses pensées, Gahonne se redressa sur sa selle. Elle abordait un vaste espace nu, où rien ne poussait. Des langues de roc affleuraient le sol gris, des crevasses s'allongeaient en direction de l'horizon. Un épineux passa, emporté par le vent.

Gahonne retint son cheval, écoutant de toutes ses oreilles. Son instinct l'avertissait d'un danger imminent. Elle saisit son épée à l'arçon de sa selle.

— Il faut y aller, Chataham, murmura-t-elle en donnant doucement de l'éperon à sa monture.

Le petit cheval s'engagea sur la plaine. Gahonne se pencha, prête à piquer des deux au moindre signe de danger.

Elle avait parcouru une centaine de toises lorsqu'elle entendit, sur sa droite, un claquement sec. Elle tressaillit, mais, déjà, la souffrance fulgurait dans sa cuisse. Incrédule, elle vit une flèche qui vibrait, plantée dans sa chair, juste au-dessous du rebord de sa cotte de mailles. Elle cria, se retint à la crinière de Chataham pour ne pas vider les étriers.

Domptant le mal, Gahonne talonna sa monture, qui partit au galop. Un cri retentit. Gahonne distingua alors les silhouettes de quatre cavaliers, qui débouchaient des quatre coins de l'horizon, et qui fondaient sur elle. Son cœur lui manqua. Il ne pouvait y avoir plus de doute que devant l'oasis. Les quatre cavaliers étaient quatre Arfalisses : deux guerriers et deux guerrières !

Le désespoir mordit le cœur de Gahonne. Pourquoi... mais POURQUOI ses amis se retournaient-ils contre elle ? Pourquoi voulaient-ils la tuer, elle qui avait voué sa vie à leur libération ? Quelle folie les frappait donc en ce monde maudit ?

Elle obliqua de façon à leur échapper. Sa cuisse lui faisait endurer le martyre. Elle sentait la chaleur de son sang poissant sa jambe. Malgré cela, elle éperonna Chataham. Mais elle comprit vite qu'elle ne pourrait échapper à la ruée de ses adversaires, montés sur des animaux plus frais que son cheval.

Une des deux guerrières, en plein galop, banda son arc. A la seconde même où elle sentit que l'Arfalisse allait décocher sa flèche, Gahonne tira violemment sur sa rêne droite. Chataham fit un écart. Le trait se perdit. Alors, poussant un cri rauque, Gahonne dirigea sa monture droit sur la guerrière arfalisse. Elle se coucha sur l'encolure, serrant son épée dans son poing.

La femme porta la main à sa hache, qui pendait à son flanc, mais Gahonne fondait déjà sur elle, un sentiment d'amère allégresse dans le cœur. Au dernier moment, la jeune femme se redressa, et sa lame étincela.

Les deux guerrières se croisèrent à la vitesse de l'éclair. L'épée décrivit une large courbe. Dans un jet de sang, la tête de l'Arfalisse roula sur le sol gris, tandis que le cheval emportait le corps mutilé.

Sans ralentir l'allure, Gahonne regarda par-dessus son épaule. Les trois autres Arfalisses galopaient de conserve, vingt toises derrière elle, les haches de combat haut levées.

— Plus vite, gémit la fuyarde, comme si son cheval pouvait la comprendre. S'il te plaît, plus vite...

Chataham filait pourtant comme le vent. L'encolure tendue, le regard fou, l'écume à la bouche, il avalait la plaine, bondissant par-dessus les crevasses. Chacune de ses foulées déchirait la jambe de Gahonne, mais la jeune femme n'en avait cure. Une flèche frôla son épaule. Elle cingla la croupe de sa bête de l'extrémité de ses rênes.

Chataham s'enfonça au milieu de broussailles. Il ralentit soudain, à bout de souffle. Gahonne tourna la tête. Ses poursuivants avaient perdu du terrain, mais l'un d'eux avait quelques coudées d'avance sur ses compagnons. Gahonne arrêta Chataham, saisit son arc à double courbure et une longue flèche barbelée. La fatigue et la souffrance faisaient trembler ses mains. Elle inspira profondément. Les Arfalisses approchaient. Leurs haches étincelaient.

Suspendant ses pensées, Gahonne se concentra sur la silhouette mouvante du guerrier qui lui arrivait sus. Elle banda son arc, attendit que la pointe de sa flèche, devant ses yeux, se confonde avec sa cible.

— Meurs ! gronda la jeune femme.

Elle lâcha la corde. La flèche partit avec un sifflement. Comme au ralenti, Gahonne vit l'Arfalisse qui basculait sur le flanc de son cheval. La jeune femme eut l'impression qu'une intense pulsation, semblable au battement d'un cœur, envahissait tout son être. Elle laissa choir son arc, brandit la longue épée dans sa main droite et, de la gauche, dégaina son épée de bronze. Elle cria à nouveau, surmontant la douleur qui, à présent, irradiait jusqu'à son aine, et se rua en avant en direction du guerrier et de la guerrière arfalisses survivants.

Chataham hennit en se cabrant, juste comme les deux Arfalisses s'écartaient l'un de l'autre pour assaillir Gahonne et abattaient leurs haches. Du sang éclaboussa le visage de la jeune femme, qui eut l'impression de sentir dans sa propre chair l'impact des lames. Avec un cri de désespoir et de haine, elle frappa elle-même, sur chacun de ses flancs. Sa lame de bronze se planta dans la poitrine de la femme arfalisse, qui s'effondra sans un cri.

Chataham chancela et ses antérieurs cédèrent. Gahonne n'eut que le temps de sauter de sa selle pour n'être pas prise sous sa masse. Sa jambe blessée ne la supporta pas et elle se retrouva à genoux. Le dernier Arfalisse prenait du champ. Gahonne pouvait voir ses yeux vides. Elle essaya en vain de se relever. Regardant tout autour d'elle avec affolement, elle vit son épée, tombée à trois pas. Elle n'aurait ni le temps ni la force d'aller la rechercher. L'Arfalisse revenait à l'attaque, poussant un grand cri. Le sol tremblait sous le galop de son cheval.

Gahonne plongea à l'abri du corps de Chataham qui ruait dans le vide. D'un geste désespéré, elle arracha son poignard de son fourreau de cuir, se retourna. L'Arfalisse était là. Il frappa de sa hache. Instinctivement, elle rentra la tête dans les épaules. La lame heurta le haut de son casque en un coup de gong si violent qu'elle crut que son crâne éclatait. A travers un brouillard rouge, elle vit l'Arfalisse qui levait à nouveau son arme. Sans qu'elle l'eût commandé, son bras se détendit. Le poignard vola dans l'air et se planta juste au-dessus du nez du guerrier, jusqu'à la garde. L'homme émit un râle, ses yeux s'exorbitèrent. Il abattit cependant sa hache, et la lame déchira le couvre-nuque de Gahonne, qui fut projetée à terre sous la violence du coup. La dernière pensée de la jeune femme fut que sa tête allait se séparer de son corps. Puis tout se brouilla...

Lorsque Gahonne rouvrit les yeux, la première chose qu'elle vit fut la forme inerte de Chataham. La guerrière poussa un cri de souffrance et se traîna vers son cheval abattu. Le coup de hache de l'Arfalisse avait fendu en deux le crâne de l'animal et de la matière cérébrale souillait les rudes crins alezans.

— Non ! hurla Gahonne. Oh non... non...

Désespérée, elle étreignit la tête ensanglantée du petit cheval, baisa la crinière souillée. Elle se mit à pleurer, déchirée par de longs sanglots aigus. Chataham mort, c'était toute une partie d'elle-même qui mourait avec lui.

Il fallut à Gahonne un temps infini pour qu'elle surmonte son désespoir. Ses larmes se tarirent, un sentiment de vide lui engourdit l'esprit, anesthésiant sa peine. Elle se redressa de dessus le cadavre de l'animal. Elle se sentait si faible qu'elle se demanda si elle n'allait pas à nouveau perdre connaissance. Un marteau résonnait dans sa tête, elle ne pouvait pas plier le cou et sa jambe droite était insensible. Elle essaya de se mettre assise, s'appuyant des deux mains sur le sol. Lorsqu'elle y parvint, elle eut une nausée et vomit sur son plastron d'armure. Sa respiration résonnait comme un soufflet de forge.

Gahonne était cependant assez lucide pour comprendre qu'elle l'avait échappé belle ! C'était un coup de malchance que la flèche arfalisse l'ait touchée une main en dessous du revers de sa cotte, mais sans ces mailles serrées et surtout sans son casque élaboré, elle serait morte. Les mains tremblantes, elle défit son ceinturon, détacha les sangles qui retenaient sa jupe, fit glisser le lourd vêtement. Dans sa chute, la flèche qui perçait sa cuisse s'était brisée. Gahonne vit le moignon du trait saillant de sa chair ensanglantée. Elle fit la grimace, retira son casque. Elle se palpa le crâne, puis la nuque. Une énorme bosse déformait son occiput et son sang coulait d'une large coupure à la base de ses cheveux courts. Sans le couvre-nuque, elle aurait été bel et bien décapitée !

A son état de faiblesse, Gahonne jugea qu'elle avait perdu beaucoup de sang. Elle tâta sa chair autour de la flèche. A peine effleura-t-elle sa cuisse que la douleur revint, intense. Elle persista néanmoins et sentit, roulant sous sa peau, de l'autre côté du muscle, la pointe de métal. Elle réfléchit un instant à ce qu'elle allait devoir faire. Elle devait retirer la flèche. Mais tirer dessus était hors de question. La pointe la déchirerait encore plus profondément, l'hémorragie reprendrait et cette fois elle en mourrait. Il fallait qu'elle procède autrement.

Gémissante, elle rampa vers la hache qu'avait laissé échapper le guerrier arfalisse et s'en servit pour couper des buissons bien secs. Elle les empila et y mit le feu, avec son briquet de silex. Un arbre mort lui offrit un combustible plus conséquent. Lorsque les flammes montèrent, elle se laissa tomber, épuisée, à côté du cadavre de Chataham.

— Pourquoi ? gémit-elle. Pourquoi tout ça...

Elle se remit à pleurer. Tout son corps n'était que souffrance. Elle n'en pouvait plus. A quoi bon lutter ? Elle voulait dormir et ne plus se réveiller, s'anéantir dans l'oubli, en finir avec ses tortures.

Au lieu de cela, elle alla arracher son poignard toujours enfoncé au milieu du visage de l'Arfalisse. Elle considéra longuement l'arme, le visage durci, bardant sa résolution. Puis elle plongea la lame dans les brandons enflammés.

Se détournant, elle fouilla dans son sac-médecine, en tira une fine lame de silex. Les sourcils froncés, elle entreprit de fendre sa peau, sur le côté de sa cuisse, là où elle sentait la pointe de la flèche. Elle crut qu'elle n'y arriverait jamais. La souffrance était intense, son sang ruisselait sur ses doigts. Pourtant elle parvint à trouver, dans sa chair, la pointe de métal et la dégagea.

Sanglotant sous le martyre, tout son corps secoué de tremblements, elle utilisa le sac-médecine comme gant, pour ne pas se brûler, et retira son poignard du feu. La lame était rouge. Elle l'appliqua sur le moignon de flèche et pesa dessus d'un coup violent. Elle ne put retenir un hurlement. Le métal rôtissait sa chair et elle savait que ce n'était encore rien ! De sa main libre, elle saisit la pointe et tira lentement dessus. Quand elle eut retiré la flèche, elle était au bord de l'évanouissement, mais le sang avait cessé de couler de sa plaie.

— Barran, gémit-elle, Barran, mon amour... Où que tu sois, si tu m'entends... donne-moi du courage...

Elle n'acheva pas sa phrase. Les traits convulsés, elle appliqua la lame du poignard de l'autre côté de sa jambe, sur la plaie de sortie. La douleur revint, encore plus intense, d'autant qu'elle se força à fouiller sa chair, pour la cautériser en profondeur. Elle entendit des cris, il lui fallut un instant pour que son cerveau engourdi par la douleur réalise que c'était elle qui les poussait.

Enfin, dans un grésillement de chair brûlée, le sang se tarit également au niveau de cette plaie. Alors Gahonne lâcha son poignard. Elle leva vers le ciel gris un visage ravagé par les larmes et la souffrance.

— Pi... tié ! implora-t-elle.

Elle s'amollit et bascula en arrière, contre le corps de Chataham...

La douleur lui revint avant qu'elle reprenne conscience. Elle songea vaguement que si elle souffrait, cela voulait dire qu'elle vivait. Elle ne s'en réjouit pas. Elle aurait voulu être morte.

Elle ouvrit les yeux et, tout d'abord, ne comprit pas. L'étoffe colorée de la tente battait au-dessus de sa tête, elle reposait sur une couche moelleuse. Elle était nue et un gros bandage enveloppait sa cuisse. Elle voulut se redresser, mais un élancement violent, dans sa nuque, lui rappela qu'elle n'avait pas été blessée qu'à la jambe. Elle rassembla ses forces et fit un second essai. Cette fois, elle parvint à se mettre en appui sur les coudes.

Elle se trouvait bien sous la même tente que dans l'oasis, allongée sur les mêmes coussins, et, à côté d'elle, la même table basse était couverte de mets et de liqueurs. Mais elle n'avait soif que d'eau et se contenta de porter goulûment à ses lèvres une aiguière, et d'y boire à longs traits. Elle reposa le récipient et, prudemment, essaya de faire bouger sa jambe. Elle grimaça de douleur, mais c'était infiniment supportable à côté de ce qu'elle s'était elle-même infligé en soignant sa blessure. Somme toute, elle n'avait pas été trop gravement touchée. La flèche n'avait fait que percer la chair, et comme elle avait arrêté l'hémorragie...

Elle s'assit, porta une main à son front. Tout d'abord, elle demeura incrédule... Et puis elle réalisa : ses cheveux avaient poussé. Ils cascadaient à nouveau en lourdes volutes rousses sur ses épaules, son dos...

— Mais... souffla-t-elle, combien de temps suis-je restée inconsciente ?

Elle avisa une béquille appuyée contre un mât de la tente. Elle la saisit et, prenant son souffle, se leva. Elle serra les dents pour surmonter le vertige qui s'empara d'elle et clopina vers l'entrée de la tente.

Elle demeura bouche bée.

Devant elle s'étendait une cité qu'elle n'avait aucune difficulté à reconnaître. C'était Satmoor, la ville autrefois engloutie par la boue maléfique, et d'où elle était partie, en compagnie de Barran, pour défier LYS-le-Maudit en son univers[1].

Gahonne contempla longuement les maisons s'étageant au bord de la Mer Intérieure, l'anse où était bâti le port, les jetées de pierre, la forteresse au sommet de son tertre. Elle pouvait même voir la place du marché où elle avait vendu ses peaux... Rien n'avait changé. Satmoor était toujours l'élégante, harmonieuse cité qu'elle avait découverte, trois années plus tôt, avec émerveillement et où elle ne s'était pas conduite... hem... avec beaucoup de sagesse.

Mais nulle vie ne semblait habiter la ville. Alors qu'elle

1. Cf. *Le dernier des Aramandars.*

l'avait connue grouillante de la foule des marchands se pressant dans les rues commerçantes, des femmes à l'allure fière qui se rendaient aux fontaines pour y remplir leurs cruches, des soldats débonnaires qui patrouillaient aux carrefours, Gahonne ne voyait que venelles poussiéreuses, remparts abandonnés, quais déserts. Un lourd silence régnait sur la ville et le ressac battait une plage où nulle barque de pêcheur n'était échouée.

Gahonne secoua la tête, renonçant à comprendre. Une nouvelle faiblesse la prit. Elle fit demi-tour et retourna s'affaler sur ses coussins. Sa tête lui tournait. Elle se força à absorber un peu de nourriture. Puis elle se laissa aller et ferma les yeux.

Elle était encore très malade.

La sensation d'une présence l'éveilla. Elle resta cependant immobile, les paupières closes, le souffle régulier comme si elle dormait profondément. Un instant s'écoula. Elle sentit un contact sur sa joue, si léger qu'elle ne réalisa pas tout de suite qu'il s'agissait... d'un baiser! Elle ne put s'empêcher de sourire, l'esprit encore embrumé.

— Barran? gémit-elle. Est-ce toi?

Un grognement lui répondit, qui l'éveilla tout à fait. Elle ouvrit les yeux.

L'Amshafahr se penchait sur elle, plus repoussant que jamais, hideux, effroyable et pathétique à la fois.

Le monstre recula comme s'il s'était brûlé à son regard, levant une main pour se protéger. Gahonne comprit qu'il allait s'enfuir. Malgré son état de faiblesse, elle le saisit par un coude.

— Ne pars pas! cria-t-elle.

L'Amshafahr gémissait comme un animal pris au piège.

— Ne me quitte pas une nouvelle fois, murmura Gahonne d'un ton humble. Je n'en peux plus d'être seule!

Elle ajouta, les yeux embués :

— S'il te plaît...

Le monstre regardait sa main, crochée à sa chair. Il posa

son énorme patte dessus. Gahonne se redressa et l'effleura de ses lèvres.

Un long silence s'installa entre la femme et la créature. Brusquement, l'Amshafahr se dégagea.

— Je ne veux pas t'entendre parler comme ça ! rugit-il, montrant tous les signes d'une grande colère. Gahonne-la-Rouge n'est pas une fillette qui pleurniche et implore ! C'est une femme qui se bat ! Une femme pleine de force !

Gahonne se laissa retomber en arrière, avec un sourire désabusé.

— Regarde-moi, dit-elle. Mon corps est brisé de souffrance et de faiblesse. Mon esprit est à la dérive. J'ai perdu l'homme que j'aimais, mon fils et mon amie ont disparu. Je me suis battue contre mes compagnons... Tu parles de force... Comment pourrai-je continuer à me montrer forte alors qu'en moi tout n'est que désespoir ? Pourquoi toutes ces épreuves ? Qu'ai-je donc à prouver ? A qui ? A toi ? J'aurais voulu n'être qu'une femme semblable aux autres femmes, avoir un époux, élever des enfants...

— Tu dis des sottises ! cracha l'Amshafahr. Ton destin est d'exception et tu dois l'assumer ! Tu n'es pas faite pour l'existence médiocre dont tu parles ! Les univers te sont offerts ! La puissance divine ! La gloire...

Gahonne eut un ricanement douloureux.

— Je me moque de la puissance et de la gloire ! Je ne suis pas assez vaine pour espérer que les hommes m'adorent comme une divinité. Je n'ai pas envie de les diriger, de leur imposer leur façon de vivre, de penser ou de croire.

Une bouffée de colère l'anima. Elle pointa un doigt en direction de son interlocuteur.

— De quel droit tyrannises-tu les Arfalisses ? Quel plaisir trouves-tu en leur prenant leurs fils et leurs filles, en les forçant à vivre séparés ? Ta cruauté est incompréhensible ! Car je sais, moi, que tu n'es pas un monstre pervers et démoniaque. Alors... J'exige que tu m'expliques ! Qui es-tu en réalité, Amshafahr ?

Chacune de ses paroles avait frappé durement la créature.

Mais sa dernière interrogation provoqua son courroux. L'Amshafahr leva le poing.

— JE NE SAIS PAS CE QUE JE SUIS ! hurla-t-il. Je suis l'Amshafahr et tu es en mon pouvoir, comme tout ce qui vit en ce monde ! Tu n'as rien à exiger ! Je pourrais t'anéantir rien qu'en te soufflant dessus !

— Eh bien, ne te gêne pas ! riposta la jeune femme. Tu me rendras service !

Ils se défiaient du regard, visage contre visage.

— Je n'ai pas peur de toi, Amshafahr ! siffla Gahonne. Je n'ai JAMAIS eu peur de toi !

Une rage désespérée la brûlait. Les flammes que lançaient ses yeux répondaient aux lueurs de ceux de l'Amshafahr.

Le monstre abaissa son poing.

— Que... que tu es belle, Gahonne-la-Rouge, murmura la créature en reculant d'un pas.

Machinalement, la jeune femme effleura ses cheveux.

— Est-ce toi qui les *as* fait repousser ? demanda-t-elle.

L'Amshafahr sourit.

— Le temps les a fait repousser... J'en suis heureux. Je voulais te revoir avec ta longue crinière.

Gahonne fronça les sourcils.

— Me *re*...voir, articula-t-elle. Tu m'avais donc déjà vue ?

L'Amshafahr parut se troubler. Il se détourna.

— Tu dois te reposer, maugréa-t-il. Je reviendrai !

— Mais...

Il sortit de la tente. Gahonne soupira. Brusquement, sans savoir pourquoi, elle éclata de rire.

Mais un rire qui s'acheva en pleurs...

***

L'Amshafahr revint le lendemain, et le jour suivant, et le jour d'après. Clouée sur son lit, Gahonne attendait ses visites avec une impatience qu'elle ne cherchait pas à cacher. Par une sorte d'accord tacite, il ne la menaçait pas et elle ne lui posait aucune des questions qui semblaient déchaîner son courroux. Le monstre s'occupait de ses blessures, les soignant en y appliquant de mystérieux onguents, et faisant absorber à la malade de non moins mystérieuses potions. Docile, Gahonne acceptait tous ces soins et, de fait, son état s'améliora. Ses forces lui revenaient, elle parvenait à marcher sans béquille, quoiqu'elle boitât bas. Elle faisait honneur à la nourriture qui se trouvait invariablement sur la table basse, à côté de sa couche lorsqu'elle se réveillait. Elle appréciait également le vin aromatisé, mais chaque fois qu'elle en buvait, elle évoquait Barran et cela lui était cruel.

Avec l'Amshafahr, elle bavardait de choses anodines, comme elle l'aurait fait avec un visiteur plaisant, mais réservé. Elle observait le monstre et lui trouvait de plus en plus de traits humains. Elle devinait la souffrance qui le rongeait, sa honte de se sentir laid en face d'elle, bien qu'elle ne lui en fît pas grief. Au contraire, elle trouvait dans son aspect repoussant une sorte de réconfort. Elle ne voulait pas juger à partir de critères qui n'avaient pas cours en ce monde. Un jour qu'il évoquait sa laideur, elle lui rétorqua malicieusement :

— Moi, je crois que s'il existait une demoiselle Amshafahr, elle te trouverait très séduisant !

Le monstre eut un rire attristé.

— Mais il n'existe pas de demoiselle Amshafahr, Gahonne. Je suis seul pour l'éternité et nul ne me trouvera jamais séduisant...

Gahonne lui prit la main.

— Alors je vais fermer les yeux et penser que je *suis* une demoiselle Amshafahr...

Elle inspira et murmura, avec une sincérité qui la surprit elle-même :

— Tu es beau, Amshafahr... Tu es très beau !

Elle inclina la tête et baisa la pogne griffue du monstre. L'autre main se posa sur ses cheveux et les caressa.

— Tes paroles sont comme du miel, répliqua le monstre. Hélas, tu es humaine...

Gahonne choisit de plaisanter, pour surmonter l'émotion qui lui serrait la gorge :

— Dis donc ! Ça ne t'a pas toujours arrêté !

La main se fit encore plus caressante.

— Veux-tu me tenter, diablesse ? interrogea la créature sur le même ton de la fausse plaisanterie.

Gahonne sentit ses joues s'échauffer et se souvint tout à coup qu'elle était nue. Entre ses cuisses, une humidité révélatrice trahit son émoi.

— Je crois bien... souffla-t-elle. Ça fait si longtemps...

L'Amshafahr eut un grognement.

— Je ne fais pas l'amour avec les blessées ! Elles n'ont pas assez de fougue !

Et il s'enfuit en riant, parce qu'elle menaçait de lui casser une calebasse sur le crâne !

Une autre fois, après avoir examiné sa cuisse, il lui dit :

— Je crois que tu es guérie. Tes plaies sont refermées.

Elle ne répliqua pas. Étonné, il regarda son visage contracté.

— Qu'est-ce qui ne va pas ?

Elle détourna les yeux, gênée.

— Tu... tu vas me trouver idiote mais j'ai... j'ai peur d'avoir d'horribles cicatrices. Tu sais... je n'ai jamais osé regarder sous mes pansements !

L'Amshafahr resta un moment silencieux.

— Tu as peur pour ta beauté ? dit-il enfin.

— Eh bien... comme n'importe quelle femme, je suppose.

Elle n'osait pas le regarder en face. Parler de beauté devant une créature crucifiée par sa propre laideur !

— Je te demande pardon, soupira-t-elle.

Il posa ses mains de chaque côté de sa cuisse, les appliqua fortement, caressa longuement ses muscles, du genou à l'aine. Gahonne sentit comme du feu qui coulait dans sa jambe.

— Regarde toi-même, Gahonne-la-Rouge, dit le monstre en se redressant.

Le cœur battant, Gahonne regarda... et poussa un petit cri

de stupeur. Sa cuisse n'arborait aucune cicatrice. Sa chair était aussi lisse et douce qu'avant qu'elle ne fût blessée. Seul l'imperceptible duvet qui couvrait sa peau avait viré du blond-roux au blanc.

— Tu... tu es un grand magicien, Amshafahr ! s'extasia-t-elle.

— Pas pour moi, répliqua-t-il avec amertume.

CHAPITRE XII

Enfin, un matin, l'Amshafahr dit à Gahonne :

— Il est temps que tu poursuives ta quête, Gahonne-la-Rouge.

La jeune femme acquiesça. Ses forces lui étaient revenues, elle ne se ressentait plus de ses blessures et, en elle, bouillonnait une vitalité nouvelle.

— Combien de temps s'est-il passé, Amshafahr ? demanda-t-elle en caressant ses boucles.

— Ne sais-tu pas que le temps est chose toute relative ? rétorqua le monstre.

— Oui, je le sais. Pourtant...

Elle n'acheva pas, s'avança à l'entrée de la tente. Durant tous ces jours, à chaque fois qu'elle avait mis le nez dehors, contemplant Satmoor, elle s'était convaincue que c'était là, dans cette ville-fantôme, qu'allait se jouer son destin, se conclure la longue lutte qu'elle menait contre elle-même, contre son passé, contre son étrange et hideux ami.

Gahonne revint s'asseoir. L'Amshafahr la dévisageait intensément.

— Je vais devoir me battre contre les autres Arfalisses, les tuer ou être tuée par eux, n'est-ce pas ?

L'Amshafahr ne répondit pas, mais elle n'attendait pas vraiment de réponse. Elle poursuivit, comme pour elle-même :

— J'ai beaucoup réfléchi à tout ça. Je ne crois pas que

ces combats soient dus à un simple caprice de ta part. Alors quelle est la signification de tout cela ? Qu'est-ce qui se cache derrière cette lutte ?

A son grand étonnement, cette fois, l'Amshafahr répondit :

— Le passé, Gahonne-la-Rouge. Voilà la signification de ta lutte. Le passé... et aussi l'avenir, car les deux sont liés.

La jeune femme fronça les sourcils. Elle croyait entrevoir la vérité. Ou du moins une parcelle de vérité.

— Les Arfalisses symbolisent mon passé et je dois vaincre ce passé. C'est ça ?

L'Amshafahr hocha sa lourde tête. Elle poursuivit :

— Le vaincre ou être vaincu par lui. Si je vaincs, l'avenir sera ouvert. Sept fruits mâles et sept fruits femelles. A travers la mort que je leur donne, les Arfalisses renaissent dans une autre possibilité existentielle... Et moi j'accomplis mon destin d'Aramandar... Mais si j'échoue, alors ils disparaissent sans rémission, rien n'existera et tout aura été inutile...

Elle eut un sourire.

— Mais toi, tu triches, Amshafahr !

— Moi ! se récria le monstre. Je triche ?

— Oui... Tu es intervenu pour moi. Tu n'as pas laissé le sort décider de ma mort ou de ma survie.

L'Amshafahr se renfrogna, ce qui le rendit encore plus laid.

— Le sort n'a rien à voir là-dedans, grommela-t-il. Et quand bien même, me reproches-tu de t'avoir aidée ?

— Bien sûr que non, mais je ne te comprends pas toujours...

L'Amshafahr se détourna. Gahonne lui saisit la main, la conserva entre les siennes, malgré ses efforts pour lui échapper.

— Il existe en toi un dualisme étrange, continua la jeune femme. Tu voudrais être un monstre, un génie cruel et tyrannique. Je lis dans tes yeux la violence de ton âme... Mais je lis aussi ta souffrance et ton impuissance à lutter contre...

— Contre quoi ? hurla le monstre.
— Contre l'amour que tu ressens pour moi !
L'Amshafahr se recroquevilla sur lui-même.
— Je ne t'aime pas, Gahonne-la-Rouge, souffla-t-il.
— Tu mens ! Tu te mens à toi-même !
— Je n'ai pas le droit de t'aimer...
— Tu m'aimes pourtant... Et tu sais que je... que je t'aime aussi !
L'Amshafahr approcha son visage du sien. Ses yeux semblaient égarés.
— Que... que dis-tu ?
Gahonne soupira. Elle tenait toujours la main monstrueuse.
— J'ai lutté contre ce sentiment, murmura-t-elle. Je m'accusais de trahir la mémoire de celui qui était tout pour moi, à qui je voulais consacrer chaque battement de mon cœur, chaque souffle de ma vie. Je me suis fait horreur. J'ai pensé que je sombrais dans la folie... Mais non ! Au contraire, j'étais lucide... Je lutte peut-être contre mon passé, au nom d'un nouvel avenir. Mais mon avenir, c'est toi, Amshafahr... Toi ! Que tu le veuilles ou non !
L'Amshafahr ne répliqua pas. Tassé sur lui-même, il semblait déchiré. Gahonne caressa son front bosselé, semé de profondes rides, et que couronnaient des mèches éparses et raides.
— Je ne me déroberai pas à ce qui m'attend, dit-elle. J'affronterai les adversaires qui me seront imposés. Je les tuerai ou bien ils me tueront... Mais ensuite, qu'arrivera-t-il, Amshafahr ? Si je survis, reverrai-je mon fils ? Reverrai-je Utta ? Et... et toi, te reverrai-je ?
Le monstre demeurait de pierre.
— Je sais... Tu ne peux répondre. Mon avenir ne doit pas m'être révélé avant que j'aie fait table rase de mon passé. Soit... Je l'admets. Mais en attendant, je vis mon présent... Et je veux le vivre comme je l'entends !
Elle se leva et, avec une force empreinte de détermination, elle poussa l'Amshafahr à la poitrine. Lui obéissant, le monstre s'allongea.

— Ne... ne fais pas ça, Gahonne ! souffla-t-il.

— Oh si, je vais le faire ! répliqua-t-elle. Même si ce doit être mon dernier acte en ce monde !

Durant tous ces jours, sous sa tente, Gahonne avait songé à cet instant, l'espérant et le redoutant tout à la fois. Elle se pencha et dénoua la cordelette du pagne qui constituait l'unique vêtement de l'Amshafahr.

— Gahonne... non ! haleta le monstre.

— Chut ! l'interrompit-elle. Si je dois périr, que ce soit après que tu m'auras rendue heureuse !

Elle se cambra, faisant saillir orgueilleusement sa poitrine, s'installa à califourchon au-dessus de l'Amshafahr immobile. Elle s'appuya d'une main à plat sur le torse massif. De l'autre, elle alla saisir, au milieu du foisonnement de poils, sa virilité qui s'érigeait déjà, et la flatta jusqu'à la sentir dure comme de la pierre. Elle l'amena entre ses cuisses.

— Tu n'es pas laid ! gronda-t-elle avec force. Tu es mon amant magnifique et puissant !

Elle s'abaissa lentement, gémissant de l'écartèlement de sa conque possédée par la masse énorme, brûlante. Elle attendit une magique seconde, puis acheva de l'engloutir, d'un mouvement lascif de la croupe. Elle haleta, enclouée au plus profond de son être.

Elle se laissa tomber en avant, agrippa les épaules de l'Amshafahr et ses reins se mirent à houler lentement. Avec un gémissement qui ressemblait à une reddition, l'Amshafahr referma ses bras sur elle et se laissa emporter par son ardeur. Sa bouche se posa contre l'oreille de la jeune femme.

— Je... je t'aime à en être damné, Gahonne-la-Rouge ! murmura le monstre.

Se déchaînant, Gahonne provoqua le plaisir de son hideux amant. Lorsqu'elle l'eut senti l'honorer de sa jouissance, alors qu'elle-même n'avait pas eu le temps de s'assouvir, elle se laissa aller, caressant pensivement son pelage emmêlé. Un grand bonheur l'habitait, qu'elle n'avait pas ressenti depuis longtemps. Légère, une main de la créature lissait ses cheveux.

— Gahonne-la-Rouge, demanda tout à coup l'Amshafahr, cet humain que tu aimais... L'aimes-tu toujours ?

Gahonne ferma les yeux. Une ombre se peignit sur son visage. Mais elle ne pouvait tricher avec ses sentiments.

— Oui, Amshafahr, répondit-elle.

— Tu l'aimes malgré... ce que tu éprouves pour moi ?

Gahonne se souleva.

— Oui, Amshafahr. Il a été le premier homme pour qui mon cœur s'est ouvert. Il était le père de mon fils. Il a su m'apprendre que j'étais une vraie femme... Il était mon soleil, l'air que je respirais... Cela ne peut s'oublier. Jusqu'à mon dernier soupir, je l'aimerai.

— Mais moi ? Tu disais...

— Je disais ce que je ressens en cet instant. Je t'aime aussi et me donne à toi avec la même passion que je me suis donnée à lui. J'ai assez d'amour dans le cœur pour être tienne et conserver la fidélité de mon souvenir pour celui que je ne reverrai plus.

Elle se rallongea. Mais sa joie s'était envolée pour faire place à une tristesse poignante. Pourquoi l'Amshafahr lui avait-il parlé de Barran ? Elle aurait voulu conserver jalousement, égoïstement, l'image de son compagnon dans le secret de son âme.

— Tu penses que tu ne le reverras plus ? insista le monstre.

Elle sentit ses yeux qui s'embuaient.

— J'ai cessé d'y croire. S'il n'est pas mort, il demeure prisonnier de l'Entre-deux Mondes. Je n'y aurai jamais accès. Ma magie m'a abandonnée.

— Tu... tu le regrettes ?

Elle le regarda à nouveau, s'essuya les joues d'une main qui tremblait.

— Je ne sais pas... Peut-être suis-je en train de commettre une trahison. Mais... Tu es là et...

Elle détourna les yeux, répéta :

— Je ne sais pas...

L'Amshafahr poussa un soupir qui résonna comme celui d'un humain.

— Tes paroles me bouleversent, Gahonne, murmura-t-il. Elles sonnent à mes oreilles comme le tintement de l'espoir.

— L'espoir ! Que veux-tu dire ?

En guise de réponse, l'Amshafahr la saisit doucement à la taille et la fit s'allonger sur le dos. Son mufle baisa ses seins. Gahonne se laissa emporter. L'horrible groin, sur sa poitrine, était plus suave qu'une brise d'été.

— C'est si bon ! gémit la jeune femme.

L'Amshafahr se coucha sur elle. Elle replia les jambes, enserrant sa taille, croisa ses talons au-dessus de son dos.

— Entre au plus profond de moi ! souffla-t-elle, alors que le sexe du monstre cherchait sa béance encore moite de leur précédente étreinte. Fends-moi en deux ! Fais-moi mourir de bonheur !

Il rugit et, perdant toute retenue, laboura son corps qui se détendait en sursauts violents. Elle s'abandonna à sa force brutale. Cette fois, c'était en elle que le plaisir montait, en vagues puissantes. Mais, amant habile, il savait la maintenir en deçà. Elle eut réellement l'impression qu'elle mourait. Lorsque sa semence déferla enfin en elle, l'orgasme l'emporta. Elle planta ses ongles dans ses joues, repoussa sa tête, qu'il avait nichée au creux de son épaule. Elle regarda ses traits hideux déformés par le spasme du plaisir.

Brutalement, elle unit sa bouche à la sienne, le mordant aux lèvres et buvant l'acre saveur de son sang.

Debout à l'extérieur de la tente, l'Amshafahr lui tournait le dos. Gahonne acheva de natter ses cheveux, les noua sur sa nuque. Elle n'avait plus l'habitude des cheveux longs et craignait qu'ils la gênent lorsqu'elle devrait se battre. Elle avisa le vêtement surprenant et somptueux que lui avait préparé son amant. Plus de cotte de mailles, plus de cuirasse, mais une sorte de fourreau en peau de fauve tacheté, qui couvrait bras et jambes jusqu'aux poignets et chevilles, et dont la tête, encore ornée de ses crocs, formait capuche. Des sandales, le ceinturon d'arme. Sans doute serait-elle à l'aise dans ses mouvements, mais une simple dépouille animale, aussi resplendissante soit-elle, ne la protégerait pas des haches arfalisses.

La jeune femme enfila la dépouille, avec la troublante impression qu'elle devenait elle-même un fauve, rabattit la coiffe sur ses cheveux. Elle effleura de la main les longues canines qui pointaient sur son front, éprouva l'envie de gronder, de rugir. Elle se trouva idiote. Il valait mieux qu'elle vérifie que son épée coulissait bien dans son fourreau !

Elle saisit son arc, accrocha son carquois à sa ceinture et sortit. Immobile, l'Amshafahr contemplait la ville déserte, toute proche. Elle glissa sa main dans la sienne.

— Pourquoi cette tenue ? demanda-t-elle.

— Un caprice du maître de ce monde, sans doute, répondit l'Amshafahr.

Gahonne regarda son compagnon avec étonnement.

— Le maître de ce monde ! Mais ce n'est pas toi ?

Il ne répondit pas. Il serrait très fort sa main. Elle sut qu'il ne parlerait pas. Elle poussa un soupir.

— Je ne pensais pas que je reverrais Satmoor, dit-elle. Surtout dans ces conditions.

— Ce n'est pas Satmoor, répliqua l'Amshafahr. Cette ville se nomme Jaar !

Gahonne arqua les sourcils. Elle sentit les doigts de l'Amshafahr se nouer brièvement aux siens, et puis elle se retrouva seule. Ce fut comme si le monstre n'avait jamais été près d'elle.

Gahonne attendit quelques instants, espérant peut-être que l'Amshafahr réapparaîtrait. Puis elle se mit en marche en direction de la cité.

Une atmosphère oppressante régnait sur les murailles de la ville. S'approchant des remparts, Gahonne songea que ce moment qu'elle vivait, mi-femme mi-bête dans sa défroque, était tout à fait irréel. Satmoor avait été engloutie par un maléfice, et il n'en était plus resté pierre sur pierre. Il n'était guère concevable, pour un esprit rationnel, qu'elle existât dans un autre univers, dans l'Entre-deux Mondes. Pourtant

Jaar *était* Satmoor. La jeune femme en reconnaissait chaque clocheton !

La route que suivait Gahonne menait à une des portes de la cité. Les battants de bois repoussé de bronze étaient largement ouverts. La guerrière s'arrêta, considérant avec suspicion l'avenue qui s'annonçait derrière l'huis béant. Où se trouvaient les habitants de cette ville ? N'étaient-ils que des fantômes attendant qu'elle les libère de leur malédiction pour retrouver vie ? Ou bien tout cela n'était-il que magie, illusion ?

Gahonne haussa les épaules avec humeur. Il existait d'autres interrogations, plus immédiates. Où se trouvaient les huit Arfalisses qu'elle devait encore affronter ? Elle s'était attendue à ce qu'ils l'assaillent alors qu'elle avançait à découvert sur le chemin. Elle n'aurait pu faire grand-chose contre huit guerriers et guerrières l'attaquant de conserve. Il était maintenant évident qu'elle allait devoir se battre à l'intérieur même de la ville. Ça ne l'enchantait guère plus. Ses ennemis pourraient la cribler de flèches du haut d'une tour ou d'une terrasse, en toute impunité.

Mais Gahonne se sentait fataliste. Elle haussa les épaules et d'un pas égal marcha vers la porte.

Lorsqu'elle l'eut franchie, Gahonne marqua une hésitation. Que devait-elle faire ? Attendre que les Arfalisses surviennent ou bien aller à leur recherche ? Elle n'avait pas un caractère à attendre qu'on l'égorge. Elle s'engagea donc dans l'avenue, rasant les façades des maisons, l'arc à la main, une flèche à demi encochée.

Elle avança d'une centaine de pas, plus silencieuse que l'animal dont elle portait la dépouille, son regard courant d'une fenêtre à une embrasure de porte, d'une terrasse à un portique. Il faisait très chaud, sous sa fourrure ajustée, et un filet de sueur coulait entre ses seins. Elle abaissa sa capuche.

Alors qu'elle se remettait en marche, un brusque sentiment prémonitoire l'assaillit. Depuis le temps, Gahonne avait appris à respecter ce genre d'impression. Elle réfléchit un instant, puis délaça entièrement sa capuche et l'accrocha à la pointe de son épée. A pas comptés, elle s'approcha de l'angle de la maison qu'elle était en train de longer.

Une ruelle s'ouvrait sur sa droite. Gahonne retint son souffle et, tendant le bras, avança la capuche. A peine le vêtement se découpa-t-il au coin de la rue qu'un claquement sec retentit. Une flèche vola, arracha la coiffe. Les dents serrées, Gahonne laissa choir le glaive et se précipita au milieu de la rue, bandant elle-même son arc.

Elle vit, à vingt pas devant elle, la silhouette d'une femme arfalisse. Elle lâcha sa corde et la flèche se planta au milieu de la poitrine de la guerrière, qui s'effondra tout d'un bloc.

Gahonne se rejeta en arrière, ramassa son épée et attendit une seconde avant de regarder à nouveau dans la ruelle. L'Arfalisse gisait sur le sol, immobile. Prudemment, Gahonne s'approcha d'elle. La femme vivait encore. Du sang coulait aux commissures de ses lèvres. Lorsqu'ils se posèrent sur elle, ses yeux exprimèrent la même surprise que ceux du guerrier que Gahonne avait tué, devant l'oasis.

— Je suis tellement désolée, murmura la jeune femme en se penchant sur sa victime.

L'Arfalisse parut vouloir dire quelque chose. Son regard déjà terni étincela d'une fugitive lueur. Gahonne n'avait pas rengainé son épée. Dans un pur réflexe, elle pivota sur elle-même, dardant son arme...

Le guerrier arfalisse qui s'apprêtait à la pourfendre de sa hache, dans le dos, hoqueta et s'immobilisa, la lame d'acier enfoncée au niveau de l'abdomen. Il ouvrit la bouche et, lui aussi, reconnut Gahonne. Il tomba à genoux. La gorge nouée, Gahonne retira son épée. Le guerrier s'affaissa sur un dernier râle.

Gahonne haletait, mourant de soif. Elle regarda les deux corps et songea que les Arfalisses n'étaient plus que six.

— Si j'accomplis ma tâche, dit-elle d'une voix blanche, vous revivrez, je vous le jure ! Rien de ce qu'il advient n'est inéluctable !

Un goût de cendre dans la bouche, elle ramassa son arc et s'enfuit en courant.

Elle remonta la ruelle jusqu'à une place, qu'elle inspecta longuement du regard avant d'oser s'y aventurer. Au milieu glougloutait une fontaine. La tentation était si forte qu'elle ne put y résister. Elle se lança, courant de toute sa vitesse. Nul trait ne la salua au passage. Elle s'affala sur la margelle et but à longs traits. Puis, son visage ruisselant, elle s'agenouilla, à l'abri d'une des élégantes arcades qui entouraient l'ouvrage. Les yeux au ras du rebord de pierre, elle observa attentivement les façades des maisons qui bordaient la place. Elle n'y décela aucun mouvement suspect. Elle prit une inspiration...

Elle jaillit, silhouette bondissante fauve et noir, courut en effectuant de brusques crochets jusqu'au portail d'une vaste demeure, qui s'ouvrait derrière les ramures d'un saule bien taillé. Dix fois, elle crut qu'une flèche allait la frapper en pleine course, ou que des cavaliers allaient apparaître, et fut tout étonnée de se retrouver indemne, accroupie dans l'embrasure de la porte. Elle attendit, reprenant son souffle, écoutant de toutes ses oreilles. Il lui sembla distinguer un frôlement, sur le côté de la maison. Sans chercher à savoir si elle se trompait ou non, elle ouvrit la porte derrière elle et se fondit dans l'ombre qui baignait l'intérieur d'un profond vestibule.

Un peu étonnée que la demeure soit ainsi ouverte aux quatre vents, Gahonne traversa la pièce silencieuse jusqu'à une tenture derrière laquelle elle se dissimula. Une odeur de moisi assaillit ses narines et elle dut se frotter le nez pour ne pas éternuer. Par une fente du lourd tissu, elle pouvait voir le rectangle clair de la porte ouverte. Une silhouette humaine s'y découpa soudain, à contre-jour. Gahonne referma son poing sur le pommeau de son épée et, lentement, dégaina. Mais, à sa grande surprise, l'homme n'entra pas. Restant sur le seuil, il inspectait la longue salle ombreuse. Gahonne tâtonna derrière elle. Ses doigts reconnurent le relief d'un verrou. Elle entreprit de le manœuvrer, redoutant que le métal se mette à grincer. Mais le verrou joua sans bruit. La jeune femme poussa. Un panneau mural s'ouvrit dans son dos.

Gahonne adressa un salut muet et moqueur à l'Arfalisse toujours posté à l'entrée de la maison et se glissa par le passage, qu'elle referma soigneusement. Elle se retourna.

Elle se trouvait au débouché d'un long corridor aux murs décorés de torchères vides. Il faisait très sombre. Elle se dirigea vers l'autre extrémité du couloir, veillant à ce que les semelles de ses sandales ne claquent pas sur le dallage. A nouveau, elle avait l'impression d'être plus animale qu'humaine. Elle se sentait bien, dans sa dépouille de léopard.

Elle découvrit un escalier et l'emprunta, l'arme au poing. A l'étage, elle traversa une suite de salles silencieuses. S'approchant d'une fenêtre, elle jeta un coup d'œil à l'extérieur. Elle put voir la place, la fontaine où elle avait bu. Elle attendit, à l'affût du bruit que pourrait faire l'Arfalisse lancé à sa poursuite. Mais le silence était toujours aussi pesant.

Gahonne traversa encore deux salles, découvrit une porte-fenêtre. Elle s'avança. La pièce où elle se trouvait donnait sur une cour intérieure. Elle regarda en contrebas...

Un cri féroce résonna au-dessus de sa tête. Instinctivement, la guerrière se lança dans le vide. Elle toucha le sol, roula sur elle-même, se releva d'une détente. La pensée fulgura dans son esprit qu'elle n'agissait plus en humaine, mais bel et bien comme un fauve...

Le tranchant d'une lame entailla le gras de son bras gauche. Gahonne entrevit le visage convulsé d'une guerrière, sauta en arrière. Avec un nouveau cri, la femme se rua sur elle. Elle rompit et riposta. L'acier et le bronze tintèrent l'un contre l'autre. L'Arfalisse frappait avec une force décuplée par la folie. Tout en reculant devant ses coups, Gahonne tentait de capter son regard. Mais ses yeux étaient vides. Ses malheureux compagnons étaient possédés, et ne revenaient à eux qu'à l'instant où elle les frappait. Mais elle ne pouvait risquer sa vie en tentant de les éveiller. Ils n'étaient accessibles à aucune parole, aucun raisonnement. Ils étaient devenus pareils à des démons !

Pressée, Gahonne songea au guerrier qu'elle avait entrevu

à l'entrée de la maison. Il ne pouvait pas ne pas entendre les échos du duel. Il allait survenir d'un moment à l'autre. Gahonne n'était pas certaine de pouvoir lutter contre deux adversaires à la fois. Il fallait qu'elle se hâte de conclure ce combat. Elle feignit de glisser, baissa sa garde. Avec un hurlement de triomphe, l'Arfalisse leva sa hache... et se découvrit par la même occasion. Gahonne se jeta en avant, l'épée haute, en une botte qui n'avait rien d'orthodoxe. Le tranchant de sa lame ouvrit une large plaie dans la cuisse de la guerrière, en dessous du revers de la cotte de mailles. L'Arfalisse cria de douleur et s'abattit dans une fontaine de sang. Sur son mouvement, Gahonne pivota sur elle-même et frappa d'un coup de revers. Cette fois, ce fut la gorge de la guerrière qui béa, ouverte d'une oreille à l'autre.

Tremblante, sa robe animale mouchetée éclaboussée du sang de son adversaire, Gahonne abaissa son arme. Ses bras semblaient de plomb, elle souffrait de son biceps entaillé. Mais elle ne perdit pas de temps à examiner sa blessure. Dans le mur, en face d'elle, une porte était ouverte. Elle la franchit et se mit à courir le long de la venelle qui s'offrait à ses pas.

Pendant de longues minutes, Gahonne courut au hasard, enfilant les rues sur sa droite, sur sa gauche, comme elles se présentaient. Tenaillée par un point de côté, elle s'arrêta enfin de courir, s'adossa à un mur. Elle daigna seulement regarder son bras gauche. La fourrure de léopard était imbibée de sang. Elle grimaça. De toute son existence, elle n'avait jamais reçu autant de blessures ! Elle fit jouer son bras. Le muscle répondait. Ce devait être superficiel.

— Est-ce que tu vas à nouveau me guérir, Amshafahr ? interrogea-t-elle à mi-voix. Ou bien cela fait-il partie du jeu ?

Elle n'attendait pas de réponse à sa question. Elle se remit en marche. La rue qu'elle suivait la conduisit à l'orée d'une nouvelle place, vaste et ombragée. Elle eut un brusque coup au cœur. De l'autre côté de cette place s'élevait la demeure d'Arkheb, maître de la Guilde des Marchands de Satmoor, là où, autrefois... Elle secoua la tête. Quoi qu'en ait prétendu l'Amshafahr, cette ville était bien Satmoor!

Gahonne contempla longuement l'élégante façade, les fenêtres protégées par de gracieuses volutes de fer forgé, le portail ouvrant sur la cour pavée. Il lui semblait qu'elle entendait les échos de la fête, les mélodies jouées par les musiciens du maître, les appels des serviteurs, les rires des invités... et les paroles mielleuses des deux hommes qui dans quelques instants la prendraient de conserve. Elle se trouvait confrontée à un passé qu'elle avait cru enfui à jamais. Une impulsion irrésistible la poussait à pénétrer dans cette demeure.

— Pourquoi? murmura-t-elle, comme pour elle-même.

Elle n'avait rien à faire en ce lieu. Elle s'y était adonnée à l'ivresse, oubliant sa dignité de femme. Cela restait un souvenir qui la rongeait. Sans pudeur, elle s'était offerte au rut d'Arkheb et de Sarhaati. Ils lui avaient donné un plaisir dont elle avait encore honte à l'heure actuelle. Pourtant elle avait besoin de revoir ce décor à son infidélité.

Elle s'avança à découvert, les yeux fixés sur le portail, l'épée à la main.

Un cri vrilla son esprit, la tirant de sa stupeur. Elle se figea l'espace d'un instant, puis bondit en l'air, sabrant au hasard devant elle avec son épée.

Un choc violent faillit lui arracher l'arme des mains. Elle comprit que, de sa lame, et par pur coup de chance, elle venait de dévier le vol d'une flèche. Un Arfalisse lui courait sus, de l'autre bout de la place, levant sa hache. Elle jeta son épée, saisit son arc, arracha une de ses propres flèches de son carquois, souhaitant de toutes ses forces que le temps se ralentisse, que ses mains ne tremblent pas, que...

Elle encocha sa flèche, tendit son arc. L'Arfalisse était sur elle. Elle lâcha la corde. Le guerrier hurla, percé en pleine poitrine, à bout portant. Mais, sur son élan, il bouscula Gahonne. Tous deux roulèrent sur le sol. Une main se referma autour du cou de la jeune femme, mais glissa sur les poils ras de la tunique de fourrure. A demi étouffée,

Gahonne entrevit une lame qui se levait. De toutes ses forces, elle décocha un coup de genou dans le bas-ventre de l'Arfalisse. L'homme poussa un gémissement sourd et roula sur le flanc. La flèche ressortait entre ses omoplates. Il râla, mais eut la force de frapper Gahonne à l'aide de son poignard. La jeune femme s'était reculée, mais la lame laboura sa hanche, tranchant son ceinturon de cuir. Gahonne voulut se relever, mais retomba lourdement. A cet instant, une seconde flèche siffla, frôlant son crâne. Gahonne réalisa que sans son faux mouvement providentiel elle aurait reçu le trait en pleine poitrine. Elle empoigna l'Arfalisse blessé avec une force décuplée par la terreur et, sans se soucier de ses cris, le fit rouler sur elle, se servant de lui comme d'un bouclier. Deux impacts, suivis par un long cri d'agonie, lui apprirent qu'elle avait juste eu la bonne inspiration. L'Arfalisse s'alourdit. Son sang chaud ruissela sur le visage de Gahonne.

Péniblement, conservant toujours le guerrier plaqué contre elle, Gahonne se releva. Elle attendit un interminable instant, mais aucun nouveau trait ne vrilla l'air. L'Arfalisse ne se débattait plus. Elle le repoussa brutalement et bondit en direction de la maison d'Arkheb. Elle s'engouffra sous le porche, se tapit derrière une auge de pierre, le souffle court.

Un moment passa. Le silence était retombé sur Jaar — ou Satmoor. Gahonne pouvait voir le cadavre de l'Arfalisse, gisant au milieu de la place, hérissé de flèches. Elle leva les yeux en direction des toits proches. C'était sans doute de là qu'on lui avait tiré dessus, mais elle ne distingua aucun mouvement.

Elle soupira, tâtonna le long de son flanc, à la recherche de son carquois. Elle étouffa un cri de dépit. Le coup de poignard de l'Arfalisse ne lui avait pas seulement déchiré la hanche, mais fait perdre son ceinturon, auquel étaient accrochés son poignard et son carquois. Sans flèches, son arc ne lui servait à rien. Et, dans sa fuite, elle avait oublié de ramasser son épée !

Avec une nausée d'angoisse, Gahonne réalisa qu'elle était désarmée...

CHAPITRE XIII

Un moment, Gahonne paniqua. Prostrée derrière son précaire abri, elle se répéta qu'elle était seule, blessée, sans armes, et qu'elle avait encore quatre adversaires impitoyables à affronter. Il était impossible qu'elle vainque ! Autant en finir tout de suite, s'offrir aux flèches des Arfalisses et souhaiter que la mort vienne vite et ne soit pas trop douloureuse.

Mais à peine eut-elle formulé cette pensée que Gahonne la repoussa avec colère. Elle n'attendrait pas passivement d'être exécutée ! Elle lutterait jusqu'au bout ! Pour Oïchi, pour connaître le secret de l'Amshafahr, en mémoire de Barran... et surtout parce qu'elle n'avait pas le caractère d'un mouton !

Sans se découvrir, Gahonne inspecta du regard la cour intérieure de la maison d'Arkheb. Elle ne vit rien mais, tout à coup, un bruit feutré se fit entendre. Elle tourna la tête, retenant son souffle. Elle ne s'y trompait pas. On marchait, de l'autre côté du mur d'enceinte de la propriété.

Gahonne n'attendit pas. Elle se releva, bondit par-dessus l'auge et courut en direction d'une des portes de côté de la maison. Elle s'y engouffra, referma derrière elle. Un fenestron était ménagé à travers l'huis. Elle y colla son œil. Son cœur rata un battement.

Un guerrier arfalisse se tenait agenouillé au pied d'un des piliers du portail, et tenait son propre arc à double courbure dans sa main. Il regardait précisément en direction de la porte derrière laquelle elle se trouvait.

— Maudit chien ! siffla la jeune femme entre ses dents.

Le guerrier fit un signe du bras. Ses compagnons apparurent au portail. Avec un coup au cœur, Gahonne reconnut Monith, Atarq et Ethianne. Bien sûr... Elle devait tôt ou tard se retrouver en face d'eux.

Ils ne se dissimulaient pas. Ils devaient la savoir désarmée. Ethianne montra quelque chose sur le sol. Gahonne baissa la tête. Son sang coulait de sa blessure à la hanche et une flaque rouge s'élargissait à ses pieds. En fuyant, elle avait laissé derrière elle une piste bien visible. Ses poursuivants n'allaient pas avoir le moindre mal à la traquer, la débusquer et l'achever !

Désespérée, Gahonne regarda tout autour d'elle, à la recherche de n'importe quoi qui pourrait lui servir d'arme. Elle avait trouvé refuge dans une cuisine, encombrée de tout un mobilier et d'ustensiles disparates. Elle avisa un mortier de pierre et son pilon massif. Elle saisit l'instrument, le soupesa, jeta un regard haineux aux quatre Arfalisses. Qu'ils y viennent ! Avec ça, elle pouvait fendre le crâne le plus dur !

Par le fenestron, elle vit Monith qui faisait des gestes impératifs. Le guerrier s'approcha à pas lents, l'arc à la main. Monith et Atarq se dirigèrent vers l'aile gauche du bâtiment, Ethianne vers la droite.

Gahonne hésita. Elle pouvait ouvrir brusquement la porte et se lancer à l'attaque, mais ce serait du suicide. Avant qu'elle ait fait cinq pas, elle recevrait une flèche en pleine poitrine. Elle pouvait aussi tenter de se barricader dans cette pièce. Mais cela ne ferait que retarder l'échéance fatale.

Elle remarqua alors un étroit escalier de bois, à claire-voie, qui menait à une porte basse, à l'étage. Derrière, tout un espace de rangement était encombré de sacs et de paniers.

Un coup violent retentit contre la porte d'entrée, faisant sursauter la jeune femme. Le guerrier devait attaquer le battant à l'aide de sa hache.

Gahonne courut vers l'escalier, s'assurant qu'elle continuait bien de semer des taches rouges derrière elle. Elle gravit les marches quatre à quatre, ouvrit la porte basse, laquelle donnait sur un corridor éclairé à intervalles réguliers par des fenestrons. Mais au lieu de suivre ce couloir, laissant la porte entrebâillée, elle bondit souplement au bas de l'escalier et s'accroupit derrière le fatras de paniers. Puis, par un interstice entre deux marches, elle surveilla la porte.

L'huis cédait sous les coups de hache. Gahonne retint son souffle. Une dernière planche craqua et l'Arfalisse parut, son visage crispé par le désir de meurtre. Gahonne serra son pilon entre ses mains. Le guerrier s'était figé et inspectait du regard l'intérieur de la cuisine avant de s'y aventurer. Lorsque ses yeux se posèrent sur l'escalier, la bouche de Gahonne se dessécha. Pourvu que les sacs et paniers la camouflent...

L'Arfalisse ne bougeait toujours pas, méfiant. Il avait vu la piste de sang, et son regard s'était élevé vers la porte en haut de l'escalier.

Enfin le guerrier s'avança, à pas comptés, son arc à demi tendu. Il traversa la cuisine, s'arrêta au bas des degrés de bois, à moins de deux coudées de Gahonne. La jeune femme était pétrifiée, et fixait son ennemi immobile. Enfin, l'Arfalisse s'engagea dans l'escalier. La première marche grinça sous son poids, puis la seconde...

Gahonne levait la tête, à mesure que son ennemi gravissait les degrés de l'escalier. Elle vit sa cheville droite, juste à hauteur de son visage...

Elle frappa, par l'espace entre les marches, de toutes ses forces à l'aide du pilon. Elle entendit les os qui se brisaient avec un bruit sec. Le guerrier hurla de douleur et de surprise, battit des bras et chut lourdement sur le sol de la cuisine, perdant son casque.

Gahonne bondit, renversant les paniers, leva son arme improvisée. L'homme tentait de se relever. Elle abattit son pilon sur le crâne nu. Un jet de sang l'éclaboussa. L'Arfalisse eut un râle sourd et retomba. Gahonne frappa une seconde fois. Le front du guerrier éclata. L'Arfalisse demeura immobile.

— Plus... que trois ! gémit la jeune femme, tremblant de tous ses membres.

Elle se pencha et dépouilla l'Arfalisse de son poignard. Puis elle gravit prestement l'escalier et s'engagea dans le corridor.

Elle avança de quelques pas, s'accroupit un instant le long du mur et écouta. Elle n'avait aucune idée d'où pouvaient se trouver les trois derniers Arfalisses. Pour ce dont elle se souvenait, la maison d'Arkheb-de-Satmoor était immense. Elle jeta un regard par une fenêtre. La cour intérieure semblait déserte, mais des massifs luxuriants de plantes décoratives poussaient autour d'une fontaine centrale. Dix Arfalisses auraient pu se cacher là !

Courbée en deux, Gahonne suivit le couloir. Elle continuait de perdre son sang. La jambe de son vêtement en était imbibée, et sa trace, sur le sol, était de plus en plus visible. Il aurait fallu qu'elle puisse panser, même sommairement, ses blessures.

Elle arriva au bout du corridor sans avoir rencontré âme qui vive. Pourtant elle sentait, presque physiquement, la présence de ses adversaires. Ils rôdaient, comme elle, en cette vaste demeure. Ils devaient visiter chaque pièce, guettant son approche, prêts à bondir. Gahonne s'arrêta devant une porte, colla son oreille contre le battant, s'efforçant de percer l'épais silence. Elle n'entendit aucun bruit suspect. Elle ouvrit la porte, se coula derrière, s'accroupit.

Elle se trouvait dans une chambre élégante, meublée avec délicatesse, joliment décorée de tentures. Une couche basse trônait, apprêtée de draps d'apparence moelleuse. Gahonne songea qu'il s'agissait peut-être de la chambre de l'épouse d'Arkheb, ou de sa favorite, ou de sa fille. Elle n'aurait pas été surprise de voir survenir une belle dame parée de voiles, accompagnée d'un amant auquel elle se donnerait, sur ce lit... Mais nul ne survint. Jaar, Satmoor, cette maison n'étaient plus peuplées que d'ombres.

La couche présentait cependant un avantage immédiat pour Gahonne. A l'aide de son poignard, la jeune femme tailla de longues bandes de tissu qu'elle bourra sous sa tunique de fourrure, là où elle avait été blessée. Le sang cessa enfin de couler. Gahonne avait mal sur tout le côté et son épaule s'ankylosait petit à petit. Furieuse, elle força sur son bras gauche, décrivant des mouvements d'assouplissement. Elle prendrait le temps de souffrir quand ses ennemis seraient morts !

De l'autre côté de la pièce, une large porte-fenêtre était ouverte. Gahonne s'en approcha, regarda en contrebas... et se rejeta aussitôt en arrière.

Ethianne se tenait juste sous elle. Accroupie derrière un banc de pierre, dans l'ombre d'un épais bosquet, elle attendait...

Gahonne s'avança à nouveau, observa l'Arfalisse. Ethianne serrait son arc dans son poing, une flèche encochée, et ne remuait pas plus qu'une statue. Gahonne comprit qu'elle s'était embusquée dans l'espoir de la surprendre. Mais c'était bel et bien le contraire qui se produisait ! Une flambée meurtrière l'envahit. Elle la domina cependant. Ce pouvait être un piège, l'Arfalisse jouant le rôle de l'appât pour Atarq et Monith dissimulés à proximité, et qui la cribleraient de flèches aussitôt qu'elle se montrerait... Elle inspecta longuement les coins d'ombre, les encoignures de portes, les fenêtres. Elle ne vit rien... De toute manière, il fallait qu'elle tente le coup !

Gahonne se ramassa sur elle-même, calculant le bond qu'elle devrait accomplir. La porte-fenêtre lui semblait tout à coup très haute par rapport à la cour. Elle assura son poignard dans sa main, prit une inspiration...

Elle s'élança par la fenêtre, distingua Ethianne qui se retournait, levait le visage dans sa direction. Elle vit ses yeux inexpressifs...

Gahonne atterrit, les pieds joints, juste devant l'Arfalisse. Le choc fut si rude qu'elle en perdit son arme. Elle n'eut pas le temps de le déplorer, frappa de toutes ses forces, en une détente animale. Ses poings atteignirent la guerrière à la pointe du menton. Ethianne lâcha son arc et s'écroula à la renverse. L'arrière de son crâne heurta le rebord du banc de pierre. Son casque roula sur le sol.

Gahonne fut sur elle, l'empoignant par sa mèche. Poussant un cri sonore, la jeune femme lui cogna une seconde fois le crâne contre le banc. Ethianne hurla, battit l'air de ses bras. Gahonne tira sur sa natte, la tordant à pleine main, la repoussa encore plus violemment. Cette fois, elle perçut un craquement d'os. A cet instant, une douleur violente la mordit au flanc. Mais elle se trouvait dans un tel état de frénésie meurtrière qu'elle n'y fit même pas attention. Elle cognait, cognait et cognait encore. A chacun de ses mouvements, un peu plus de sang maculait le rebord du banc.

Gahonne cognait toujours, l'esprit embrumé par la rage, lorsqu'un brouillard rouge voila son regard. Le corps d'Ethianne, flasque, lui sembla s'appesantir. Elle le lâcha, ou plus exactement le laissa échapper. Épuisée, hébétée, elle regarda l'arrière de la tête de l'Arfalisse, qui n'était plus qu'une bouillie sanglante d'os et de matière cérébrale. Elle étouffa un cri, recula, s'adossa au mur de la maison. Elle avait du mal à respirer. Elle tâtonna machinalement, le long de son côté, à la recherche du point d'où irradiait la souffrance...

Dans un dernier réflexe, la guerrière l'avait frappée. Le manche de son poignard saillait de son flanc, à hauteur de sa taille !

Cette fois, Gahonne comprit qu'elle était grièvement blessée. La lame avait pénétré sur toute sa longueur. La jeune femme souffrait, mais, pis encore, un froid paralysant envahissait sa chair. Une main crispée sur l'arme, elle contemplait, incrédule, son sang qui ruisselait et formait une flaque entre ses pieds. Une nouvelle faiblesse la prit. Désespérée, elle arracha l'arme. Une douleur effroyable la coupa en deux. Elle ne put s'empêcher de crier et pensa qu'elle mourait. Elle demeura un long instant haletante, la main crispée sur la fourrure de léopard devenue rouge. Le sang coulait entre ses doigts.

— Bar... Barran... j'ai mal ! gémit-elle, un délire pourpre s'appesantissant sur son esprit.

Quelque chose bougea sur sa droite. Elle cligna des paupières. Elle avait du mal à accommoder, se sentait la proie d'une langueur mortelle...

Elle reconnut Monith. La guerrière la visait de son arc. Elle se jeta en avant, trébuchant plutôt que bondissant. La flèche se brisa contre la muraille, au-dessus de sa tête. Monith cria quelque chose qu'elle ne comprit pas. Sans doute appelait-elle Atarq pour la curée.

Faisant appel à toutes ses réserves de volonté, Gahonne se releva. Elle se mit à courir, se dérobant derrière les plantations du jardin intérieur. Monith criait toujours et une voix d'homme lui répondit. Les tempes battantes, Gahonne avisa une porte. Elle se précipita, l'ouvrit, gémissant d'épuisement et de douleur. Elle entra, s'adossa au battant, la respiration hachée, la main toujours plaquée à son flanc.

Ses yeux s'agrandirent...

Elle se trouvait dans la salle de banquet où, autrefois, en un autre monde, elle s'était adonnée à l'orgie, à l'ivresse, à la folie. Rien n'avait changé. C'était le même décor luxueux, les mêmes couches douillettes, les tables basses surchargées de vaisselle d'or et d'argent, les brûle-parfums, les cristaux, les tentures chatoyantes...

Mais il n'y avait pas Arkheb, ni Sarhaati, ni convives, ni danseuses, ni esclaves...

Il n'y avait que l'Amshafahr, assis là même où elle s'était laissée aller au rut des deux hommes, et qui la contemplait d'un regard douloureux.

Alors tout s'éclaira dans l'esprit de Gahonne-la-Rouge.

— Barran... murmura la jeune femme. C'est... c'est toi !

L'Amshafahr ne réagit pas plus que s'il avait été sourd. Gahonne le dévisageait, oublieuse de la souffrance qui taraudait sa chair. Saisie par l'évidence, elle ne pouvait que balbutier :

— C'est toi... Par tous les dieux, Barran... C'est toi !

Un élancement lui coupa la parole. Elle se raidit pour ne pas s'effondrer.

— Barran, reprit-elle. Je... je l'ai toujours su... Mon âme me le criait, mais je n'entendais pas... Barran... Pourquoi... tout ça ?

Gahonne sentait ses larmes couler sur son visage, comme son sang coulait le long de son flanc.

— Est-ce possible... Toi... toi que j'aime plus que ma vie... Tu désires donc... ma... mort ?

L'Amshafahr eut un geste, comme pour implorer. Mais, à cet instant, dans le fond de la salle, Monith et Atarq apparurent. Gahonne eut un sursaut, l'instinct de conservation l'emportant sur son désespoir.

— Non ! cria-t-elle. (Et elle appela, de toutes ses forces :) Oïchi !

Les Arfalisses lui coururent sus. Elle tituba en direction d'un escalier en colimaçon. Elle en gravit les marches, laissant derrière une large marque sanglante. A intervalles réguliers, des niches s'ouvraient dans la muraille, chacune occupée par une statue de pierre. Au passage, elle les renversait derrière elle, dans l'espoir dérisoire de retarder ses poursuivants. Chaque pas, chaque marche, chaque inspiration la déchirait un peu plus. Elle se dit qu'elle n'arriverait jamais en haut. Et quand bien même... Elle ne pouvait plus fuir. Elle ne pourrait pas se battre.

Elle déboucha tout en haut d'une tour, se rendit compte qu'elle était prise au piège. En contrebas, c'était la cour intérieure. Il n'y avait aucune issue...

Monith apparut dans l'encadrement de la trappe donnant sur la terrasse. Son visage était figé, ses bras pendaient, le tranchant de sa hache cliqueta sur le dallage.

Elle s'avança lentement, tandis que Gahonne reculait pas à pas. Dans un ultime sursaut, la jeune femme chercha quelque chose, n'importe quoi, qui pût lui servir d'arme. Mais la terrasse était nue. Il n'y avait même pas une pierre.

Gahonne sentit le vide derrière elle. Elle s'immobilisa.

Ses pensées tourbillonnaient dans son esprit. Barran... L'Amshafahr... Elle songea qu'en se donnant au monstre elle ne s'était pas montrée infidèle... C'est vrai... Elle avait toujours su qu'il s'agissait de Barran. Elle l'avait lu dans ses yeux, reconnu dans ses caresses, dans la puissance de ses reins. Elle l'avait entendu dans ses paroles...

Monith leva sa hache.

Rageuse, Gahonne se détendit, s'accrocha à elle, entourant sa taille de ses bras. La guerrière poussa un cri de surprise et lâcha son arme. La hache chut bruyamment dans la cour. Monith tenta de repousser Gahonne, mais la jeune femme se cramponnait à elle avec tout ce qui lui restait de force. Les ongles de la guerrière lui labourèrent le front, cherchant les yeux. Gahonne songea à Eleihiée, son double, qui avait perdu la vue...

Accrochées l'une à l'autre, les deux femmes titubèrent un instant au bord du vide. Puis elles basculèrent...

Gahonne eut l'impression que leur chute durait un temps infini. Et puis il y eut le choc, effroyable, et un raz-de-marée de souffrance, qui déferla au plus intime de son être. Elle s'entendit crier et ne reconnut pas sa voix.

Un subit engourdissement habita sa chair, faisant reculer la douleur. Hébétée, étourdie, Gahonne attendit de sombrer dans l'inconscience. Mais elle demeurait lucide. Son esprit semblait même s'aiguiser. Elle percevait des sensations inconnues. Les pulsations de son cœur. Ses poumons s'emplissant d'air. Son sang qui coulait dans ses veines. Il lui semblait qu'elle ressentait chacun de ses muscles, le plus petit de ses os. Sa tête. Son cou. Ses épaules. Ses bras. Sa poitrine. Sa taille...

Tout s'arrêtait là.

Elle ne sentait plus le bas de son corps !

Gahonne comprit immédiatement, mais, refusant l'évidence, folle de terreur, elle chercha à se relever. En vain. Elle regarda ses jambes, tendit la main, comme pour les effleurer, mais son geste avorta. Elle retomba en arrière et se mit à hurler, d'une voix éperdue :

— Barran ! Barran ! Aide-moi ! J'AI LES REINS BRISÉS !

Elle répéta, des sanglots hachant ses paroles :

— J'ai... les reins... brisés !

Elle était redevenue une enfant, la fillette d'autrefois, qui sanglotait quand les autres enfants latahïrs la pourchassaient, la battaient, l'humiliaient. Elle n'était plus une femme, une guerrière. Elle n'était plus qu'une pauvre chose meurtrie, une poupée cassée, un pantin sanglant dont on avait coupé les ficelles.

— Les reins... brisés...

Son corps ne lui obéissait plus, pesait plus lourd que le plomb. Son sang continuait de couler, mais elle ne s'en rendait même plus compte. Il n'y avait plus que ce vide, qui prenait naissance au niveau de sa taille.

— Barran, appela-t-elle à nouveau. Au secours... s'il te plaît !

Il y eut un bruit de pas, lourd, traînant. Elle souleva la tête, regarda par-dessus le cadavre de Monith. Ce n'était pas Barran.

C'était Atarq...

La vue de l'Arfalisse glaça Gahonne. La jeune femme ravala ses cris, regardant le guerrier qui approchait. S'arcboutant sur ses coudes, elle tenta vainement de s'écarter. Mais ses forces la trahirent. Elle retomba.

Le visage dans le sable, haletante, Gahonne distingua le bas de la botte de l'Arfalisse. Péniblement, elle s'appuya sur ses avant-bras. Atarq assurait sa hache, visait son front.

— Fais... vite ! murmura la jeune femme.

Le guerrier leva son arme. Gahonne se força à ne pas détourner la tête. Elle voulait voir arriver la mort en face.

Mais au lieu de l'éclat du métal fondant sur elle, ce fut une sorte d'ouragan qui déferla. Un rugissement retentit, assourdissant, et une forme gigantesque, monstrueuse, s'interposa entre la blessée et son bourreau. La main qui tenait la hache s'envola dans une gerbe rouge. Un poing énorme s'abattit, des os craquèrent.

— Am... Amshafahr ! balbutia Gahonne, effarée. Barran !

Barran — ou l'Amshafahr — s'acharnait sur l'Arfalisse avec la férocité d'un fauve. Il souleva le guerrier, ses bras se refermèrent sur son torse, sa gueule broya son épaule. D'un mouvement brutal de son cou massif, le monstre arracha chair et os. Le bras vola à l'autre bout de la cour. Atarq poussait des hurlements inhumains. Les crocs, semblables à ceux d'un tigre, s'enfoncèrent dans sa gorge. Les cris cessèrent tout net. Gahonne, horrifiée, distingua, sur le visage de l'Arfalisse, une ultime grimace. Elle détourna le regard, au bord de la nausée. Avec un petit bruit de bois sec, les vertèbres du guerrier se rompirent.

Durant de longs instants, l'Amshafahr s'acharna sur le corps démembré, disloqué d'Atarq, le mettant en pièces. Puis, sur un cri qui vrilla les tympans de Gahonne, il jeta les restes sanglants sur le sol et s'effondra à genoux.

Barran se prit la tête entre les mains et poussa un interminable cri, poignant de souffrance. Gahonne avait du mal à respirer. Mais elle trouva la force d'appeler :

— Barran... Barran... Je t'en prie...

L'Amshafahr leva vers elle des yeux vides, hagards, mais qui, d'un coup, s'humanisèrent.

— Gahonne... gémit le monstre.

Il rampa vers elle, lui saisit les mains, les pressa contre la fourrure maculée de sang de son poitrail.

— Ce n'est pas moi ! hurla-t-il, la voix vibrante de douleur. Je te le jure, Gahonne ! Ce n'est pas moi... C'EST LA VENGEANCE DE LYS-LE-MAUDIT !

— C'est exact, dit alors une voix ironique, dans le dos de l'Amshafahr. Une vengeance qui s'est fait attendre au-delà de l'espace et du temps, mais qui vient enfin et qui n'en est que plus délectable !

CHAPITRE XIV

Gahonne ouvrit de grands yeux. Sa bouche modula une interrogation, mais elle se sentait trop faible pour parler. Éperdu, Barran baissait ses mains glacées.

— C'est LUI, gémit-il. LUI qui me torture depuis l'éternité !

LYS apparut dans le champ de vision de Gahonne, grand, maigre, son visage déformé par un rictus de joie haineuse.

— Gahonne-la-Rouge, la lointaine ancêtre de celui dont j'ai pris l'apparence charnelle, se mourant à mes pieds, susurra-t-il. J'ai tant de fois rêvé de ce moment !

Gahonne fixait cet être, caricature de son descendant, qu'elle avait cru avoir à jamais projeté dans le Néant, et qui se trouvait pourtant devant elle. Barran gémissait. Sa face hideuse reflétait une rage et une impuissance sans bornes. La jeune femme l'interrogea du regard. Il détourna les yeux. LYS eut un ricanement.

— Tu dois te demander, Gahonne-la-Rouge, pourquoi ton bel amant ne se jette pas sur moi pour m'anéantir comme il l'a fait du vaillant Atarq... Eh bien, je vais te le dire... Il ne me détruit pas parce qu'il ne le peut pas ! Il dépend de moi, de mon pouvoir... Son sort est lié au mien... Souviens-toi... Souviens-toi bien, Gahonne-la-Rouge...

Il se pencha sur elle, ses yeux exprimant tout à coup une haine farouche.

— C'est LYS, je veux dire... le *vrai* LYS, qui a créé ton

Barran. Moi, j'ai pris la place de LYS... Mais fondamentalement, rien n'avait changé. J'étais resté le créateur de ce... de ce pantin grotesque, de ce clone qui se prenait pour un homme... Il ne m'a suffi que de modifier sa formule génique, selon ma fantaisie, pour lui donner son nouvel aspect... Certes, il n'est pas très beau... Il est devenu cruel, monstrueux... Mais il vit, n'est-ce pas ! Il a même regoûté entre tes bras aux joies de l'amour ! Ça, je ne l'avais pas prévu, mais je trouve que ça donne encore plus de sel à ma vengeance !

De la pointe de sa botte, il poussa Barran à l'épaule, et l'Amshafahr roula passivement sur le sol. Il y demeura prostré. A ses larmes de souffrance, Gahonne sentit que s'ajoutaient des larmes d'humiliation pour l'homme — l'homme ? — qu'elle aimait.

— Co... comment... as-tu fait ? interrogea-t-elle.

LYS n'attendait évidemment que cette question. Il se rengorgea.

— Très simplement, en vérité. Lorsque tu m'eus chassé de ton monde et renvoyé dans le vide cosmique, j'ai emmené Barran avec moi. Tu ne t'es rendu compte de rien, tu étais sans connaissance. Mais quand bien même aurais-tu été éveillée que tu n'aurais pu y changer quoi que ce soit. Barran est lié à moi, je te l'ai dit...

Il marqua une pause.

— Le vide cosmique, vois-tu, Gahonne-la-Rouge, je le connais bien, pour l'avoir longuement étudié, lorsque j'étais le vrai LYS 54. Je ne m'y suis pas anéanti, comme tu l'as cru. Tu m'avais fermé la Porte de Flamme, mais tu n'avais pas prévu que je puisse me réfugier dans l'Entre-deux Mondes... Pour moi, l'espace et le temps s'étaient abolis. J'ai eu tout le loisir d'imaginer un piège imparable où tu viendrais tôt ou tard te prendre. Barran m'a servi d'appât. J'en ai fait le demi-dieu pervers qui tyrannisait les Arfalisses. Bien sûr, c'était moi qui tirais les ficelles ! Je me suis beaucoup diverti, avec cette peuplade barbare. Je lui ai imposé sa façon de vivre, ses coutumes, son apparence physique, ses croyances... Tout dépendait de ma fantaisie. Les Arfalisses étaient les esclaves de mon imagination. Par l'intermédiaire de celui qu'ils avaient baptisé Amshafahr j'exigeais le sang de leurs enfants, je décrétais quand et comment ils pourraient s'unir, se reproduire... Ce fut plaisant... Oui ! Très plaisant !

— Mais pourquoi... t'es-tu acharné contre ces... malheureux ? Ils ne t'étaient rien !

Cette nouvelle question parut encore plus réjouir LYS.

— Je te l'ai dit : parce que ça m'amusait ! Mais il y a une autre raison. Je ne pouvais plus retourner en ton monde, aussi je devais faire en sorte que tu viennes dans le mien. Je savais que tu rencontrerais les Arfalisses et que ta nature d'Aramandar, stupidement généreuse, te ferait t'intéresser à eux... ce qui te mènerait ici. J'ai créé la Montagne de Cristal, qui n'est rien d'autre qu'un passage semblable à la Porte de Flamme. C'était ça, le piège. Tu y es tombée sans coup férir !

— Mais... pourquoi... ces guerriers, avec moi ?

— Par caprice... Pour m'amuser un peu plus. Je les ai envoûtés, forcés à se battre contre toi. Je connais ta valeur guerrière. J'espérais que tu m'offrirais de beaux duels. J'ai été comblé. Et chaque blessure que tu as reçue était pour moi comme du dessert !

Une telle cruauté rendit un peu de feu à Gahonne.

— Mais Barran me guérissait ! cracha-t-elle à la face de son tourmenteur. Il m'a aidée, donné à manger... Je suis sûre que c'est lui qui a fait venir ici Chataham !

LYS se pencha sur elle, le visage subitement contrarié.

— C'est vrai ! Ce singe grotesque possède certains pouvoirs. Il a bien fallu que je lui en concède pour qu'il agisse sur les Arfalisses. On ne peut jamais tout prévoir. Je ne pensais pas que tu l'aimerais sous son aspect repoussant. Dans un sens, ce fut pour moi une divine surprise. Comme il a souffert, ce pauvre Amshafahr ! Comme tu as souffert, toi !

Pour la première fois, Barran intervint. Gémissant, il se traîna vers son maître.

— Pitié pour elle, gémit-il. Détruis-moi, torture-moi, mais aie pitié d'elle... Libère-la de ta malédiction...

— Tais-toi ! hurla LYS, ses traits déformés par la colère. Tu m'a désobéi ! Tu m'as trahi ! Tu paieras pour ça !

LYS donna un violent coup de pied à l'Amshafahr, avant d'en revenir à Gahonne.

— A travers son esprit perverti, son amour pour toi lui a permis par instants de m'échapper, c'est vrai ! Mais en fin de compte, c'est MOI qui triomphe ! Tu es en MON pouvoir, Gahonne-la-Rouge, et jusqu'à ce que je te permette de mourir, tu vas sentir le poids de ce pouvoir ! Ensuite, lorsque tu auras disparu, j'infligerai à ton bel amoureux une fin grandiose, une apothéose de souffrance... Et tout rentrera dans l'ordre... Dans MON ORDRE !

La tête de Gahonne roula sur le côté. Il sembla à la jeune femme, à travers le brouillard de sa faiblesse, qu'elle apercevait une silhouette derrière LYS. Tout se brouilla.

Brutalement, LYS saisit Gahonne par les cheveux, lui secoua la tête.

— Oh non ! cria-t-il, ne meurs pas tout de suite ! Je veux sentir le souffle de ta souffrance sur mes lèvres. Je veux me réjouir de ton agonie... Je veux encore m'amuser !

— Eh bien, amuse-toi avec ça ! cria une voix très lointaine.

Un jet de sang éclaboussa le visage de Gahonne, qui eut un sursaut et rouvrit les yeux. Elle distingua le rictus de stupeur horrifiée de LYS... Elle vit la lame de la hache de combat arfalisse enfoncée sur le côté de son crâne.

Dans un sursaut, poussant un cri de rage, LYS se redressa. Il leva les poings, balayant Utta, qui tentait de le frapper de son poignard. Il arracha la hache de sa tête, brandit l'arme sanglante.

— A toi, Amshafahr ! cria alors la jeune fille. SES POUVOIRS SONT PASSÉS CHEZ OÏCHI ! Tue-le !

Gahonne distingua alors seulement son fils, à l'arrière-plan, qui contemplait la scène, un vague sourire sur son petit visage. LYS vit également l'enfant et tituba dans sa direction, son arme brandie. Mais il parut se heurter à une puissance invisible. Il hurla de rage.

— Tue-le ! répéta Utta. Il est à ta merci !

Alors, avec un rugissement, l'Amshafahr se jeta en avant. Dérisoirement, LYS tenta de le frapper de sa hache. Mais le monstre saisit l'arme dans sa gigantesque main et la lui arracha. L'instant d'après, il la lui abattit sur le crâne, avec une telle puissance que le métal s'enfonça jusqu'à la mâchoire.

— Crève, maudit ! exulta Utta. Au nom des souffrances que tu as infligées à mon peuple !

Barran frappait à coups redoublés, en un paroxysme de haine. LYS était mort, mais il s'acharnait sur le cadavre, faisant éclater les os, tranchant les membres, les réduisant en tronçons, en magma sanglant. Oïchi riait et applaudissait.

Enfin, une dernière fois, l'esclave libéré leva sa hache et l'abattit. La tête mutilée de LYS roula tout à côté de Gahonne. Les yeux gris, décolorés, sans vie, semblèrent regarder la jeune femme.

Avec un cri vengeur, Utta se pencha, saisit le trophée par les cheveux, le brandit.

— Voyez ce glorieux maître des mondes ! persifla-t-elle. Il ne torturera plus jamais personne !

Gahonne avait suivi le bref combat — brève mise à mort, plutôt — hébétée, incrédule. Mais ses forces l'abandonnaient. Ses yeux se fermaient. Elle distingua à peine, dans une brume glacée, Barran qui rampait vers elle, qui saisissait sa main. Sa voix lui parvint, assourdie.

— Gahonne, gémissait l'Amshafahr. Ma bien-aimée... Je t'en supplie ! Accroche-toi !

Gahonne se sentait couler dans un océan de ténèbres. Un grand froid l'habitait toute. La peur de l'inconnu la submergea.

Un cri de Barran, presque inaudible :

— Elle se meurt ! Par les dieux, elle se meurt !

Ses mains qu'il serrait. La brûlure de ses larmes sur ses joues... Elle aurait voulu avoir la force de lui sourire, de l'embrasser. Une dernière fois...

Et puis la voix d'Oïchi, si nette qu'elle crut qu'elle était passée de l'autre côté, que c'était son fantôme qu'elle entendait :

— Maman pas mourir !

Les mains de son fils se posèrent de chaque côté de son visage. Elle ouvrit les yeux... Elle ne vit pas Oïchi.

Elle voyait un halo lumineux, au-dessus duquel s'élevait l'arche gigantesque de la Porte de Flamme. Son feu irradiait à l'intérieur de son corps brisé.

Le fluide de la vie afflua en elle avec la force d'un ouragan !

Ce fut un instant d'indicible souffrance. Gahonne sentit son corps, mais aussi son esprit, son âme, l'essence de ce qui était son être, sublimés par la magie de la Porte, la puissance d'Oïchi luttant contre l'emprise glauque de la mort. Le combat, cosmique, ne dura qu'une seconde, mais une seconde d'éternité. La force des Aramandars, en un éclair, passa de la Porte dans la chair de Gahonne, par l'intermédiaire de l'enfant. Des ondes inconnues se distordirent, se confondirent, explosèrent dans le corps meurtri, déchiré, mutilé, qu'emportait le Néant.

Gahonne s'entendit hurler. Elle eut conscience qu'elle se soulevait du sol en un spasme si violent que Barran fut projeté loin d'elle. Mais Oïchi ne lâcha pas prise. Ses petites mains demeuraient plaquées sur le visage de sa mère, et le feu magique, dans une gerbe invisible, ressoudait les os brisés de la jeune femme, refermait ses plaies béantes, stoppait ses hémorragies, régénérait son sang perdu.

Comme elle était venue, la douleur s'évanouit, le corps de Gahonne se détendit. La jeune femme s'affaissa, pantelante dans sa défroque animale, plus faible qu'un nouveau-né. Elle esquissa un mouvement...

Elle poussa un cri, regarda, incrédule, sa jambe qui se pliait. Elle bougeait ! Elle parvenait à faire jouer ses muscles ! Elle sentait à nouveau le bas de son corps ! Elle porta une main à son flanc. Ses blessures s'étaient effacées.

A peine si sa chair ressentait le vague souvenir des tortures qui l'avaient déchirée !

Elle regarda Oïchi, ne parvenant pas encore à croire au miracle. Son fils la contemplait en souriant. Il éclata de rire.

— Maman guérie ! exulta-t-il. Maman guérie !

Gahonne secoua la tête. Elle s'assit, soutenue par l'Amshafahr, poussa un long soupir. Elle avait soif, ses idées ne se remettaient que lentement en place. Elle revenait d'un domaine dont on ne s'échappait pas...

Utta tenait toujours la tête de LYS. La jeune Arfalisse eut un rire sonore. Elle regarda la dépouille, comme si LYS avait lui-même pu la voir, cracha sur le visage blême et cria :

— Bon voyage en enfer, maudit !

Elle prit un grand élan et envoya voler au loin le macabre débris. Puis elle s'agenouilla auprès de Gahonne, lui entoura le cou de ses bras et gémit :

— Je suis heureuse, mon aimée ! Si heureuse...

Gahonne se dégagea doucement de l'étreinte de son amie. Ses yeux se posèrent sur Barran, qui avait reculé et les contemplait fixement. L'Amshafahr leva les mains, comme pour se protéger de ce regard.

— Barran... murmura la jeune femme.

— Non ! Pas Barran ! balbutia l'horrible créature. Pas Barran !

Alors Oïchi s'avança une seconde fois. Il se campa devant le monstre, qui gémit comme un chien battu.

— Papa très laid ! s'esclaffa l'enfant.

Gahonne n'eut pas le temps de se demander comment le garçonnet pouvait avoir reconnu son père, qu'il n'avait jamais vu, dans l'être hideux qui se traînait à ses pieds. Comme il avait fait pour elle, Oïchi posa ses mains de chaque côté de la tête monstrueuse.

L'Amshafahr poussa un rugissement, se tordit sur lui-même. Utta resserra ses bras autour des épaules de Gahonne...

Médusée, les deux femmes assistèrent à la métamorphose

de la créature infernale redevenant un être humain. Redevenant Barran !

— Papa très beau ! s'écria Oïchi avec un rire clair.

Puis il se retourna et frappa dans ses mains.

Cette fois, Utta cria et nicha son visage dans le creux du cou de Gahonne. La jeune femme elle-même se sentit envahie par une épouvante superstitieuse...

Atarq, Monith et plus loin Ethianne se relevaient, chancelant comme s'ils étaient ivres. Leurs corps ne portaient plus aucune trace de leurs épouvantables blessures et leurs yeux étaient clairs, limpides. Les yeux d'êtres s'éveillant à la vie !

Gahonne sut que les onze autres Arfalisses, par la magie de son fils, étaient également revenus du royaume des Morts. Elle sut qu'ils se dirigeaient vers Jaar, en cet instant, et qu'ils s'y rallieraient à son enfant.

— Les sept fruits mâles et les sept fruits femelles, murmura-t-elle. La prophétie...

***

Assise sur une pierre plate, devant l'entrée principale de la cité, Gahonne regardait Utta qui jouait avec Oïchi. La jeune femme se sentait encore faible. Il lui faudrait sans doute un peu de temps pour recouvrer toute sa vitalité. Mais la force de la vie grondait en elle et valait toutes les médications.

Gahonne ne parvenait pas à croire que le cauchemar était fini, qu'ils n'auraient plus à lutter contre LYS-le-Maudit, que Barran était redevenu lui-même, que les Arfalisses s'étaient relevés d'entre les morts. Elle tourna la tête et ses yeux s'embuèrent.

Chataham broutait dans la prairie voisine et sa robe alezane frémissait sous les agaceries des insectes qu'il s'efforçait vainement de chasser à grands coups de queue.

Le soleil se couchait et faisait jouer des reflets dorés sur les façades et les tourelles de Jaar. Monith et Atarq passèrent, se dirigeant vers la plage. Le jeune homme tenait sa compagne enlacée. La guerrière leva le bras, agita la main. Gahonne répondit à son salut.

— Continue ton récit, Utta, murmura la jeune femme.

— Eh bien, c'est à l'instant où nous avons pénétré dans la Montagne de Cristal que s'est accompli le prodige. Souviens-toi... Tu marchais en tête, mes frères et sœurs te suivaient. J'étais tout derrière, en compagnie d'Oïchi. Nous avons vu le tourbillon vous engloutir. Mais Oïchi a levé les mains et... et tout s'est passé différemment pour nous deux. Nous avons été déposés en douceur tout près de cette ville.

Gahonne hocha la tête.

— Oïchi... J'avais bien pensé que mes pouvoirs étaient passés en lui.

— Son fluide est prodigieux. Il a fait que LYS ne s'est pas rendu compte de notre venue... Et lorsque nous avons rencontré l'Amshafahr...

— Vous avez rencontré l'Amshafahr ! la coupa Gahonne stupéfaite.

— Oui, peu de temps après... Je dois t'avouer qu'en le voyant j'ai cru qu'il allait nous dévorer tout vifs, Oïchi et moi ! Mais non... Il est tombé à genoux devant Oïchi et l'a appelé « mon fils »... Que les dieux me foudroient si je mens, Oïchi savait que ce monstre était son père ! Il n'a pas eu peur de lui, il riait, il l'embrassait... J'en ai pleuré d'émotion !

Gahonne saisit la main de son amie.

— Ensuite ?

— Ensuite l'Amshafahr... je veux dire Barran, nous a cachés en lieu sûr, en nous enjoignant de ne pas bouger. Il allait faire en sorte que LYS ne s'aperçoive pas de notre présence et, ma foi, il y a réussi. Il partait pour de longues périodes. Quand il revenait nous voir, il nous racontait tes combats, tes blessures, ta souffrance... Gahonne... Mille fois j'ai été tentée de voler à ton aide ! Mais je n'en avais pas le droit, à cause d'Oïchi...

— Et tu as très bien fait ! Il importait beaucoup plus que moi !

Utta marqua un petit temps de silence. Elle avait détourné le regard.

— Barran me disait aussi... pour vous deux ! Il était fou de bonheur, mais tout aussi déchiré, car il croyait qu'il ne redeviendrait jamais un humain. Et... il faut que je t'avoue...

Utta leva les yeux vers son amie. Elle était très rouge.

— Un moment... je t'ai haïe. J'étais jalouse... J'avais compris que tu aimais l'Amshafahr. Et... je crois bien que j'étais aussi en train de... de l'aimer. Sa laideur, son aspect... Ça ne comptait pas ! Il y avait la noblesse de son âme, sa propre souffrance... Pourtant je t'aime toujours, toi, ma Gahonne. Je ne comprends pas ce qui m'arrive !

Gahonne réprima un sourire. Au contraire d'Utta, elle comprenait très bien !

— Continue, dit-elle.

Utta haussa les épaules.

— L'Am... Barran essayait de m'expliquer la symbolique de ton combat. Ça non plus, je ne comprenais pas. Mais il m'affirmait que plus le temps passait, plus les pouvoirs d'Oïchi se renforçaient et plus ceux de LYS diminuaient... Je devais donc attendre le dernier moment pour me découvrir...

— Ce que tu as fait, conclut Gahonne, alors que ce chien se repaissait de me voir mourante. Tu as agi au mieux. Mais dis-moi... pourquoi as-tu laissé Barran tuer LYS ? Tu avais si bien commencé !

Utta pouffa de rire.

— J'ai pensé que ce plaisir lui revenait de droit... et puis aussi j'avais très peur de LYS, même sachant que sa magie noire était épuisée !

Un long moment s'écoula. Oïchi courait derrière un vol de papillons. Utta rêvait, songeuse. Gahonne l'attira tout contre elle.

— Utta des Arfalisses, dit-elle, tu as accompli ce qu'il était écrit que tu doives accomplir... Quant à tes sentiments pour Barran et pour moi, tu ne dois pas en éprouver de trouble. J'aime Barran, c'est vrai... Mais toi aussi, je t'aime toujours !

Utta lui adressa un sourire indécis.

— Tu m'aimes ? Mais comment...

— J'ai le cœur assez large pour Barran et pour toi... Et pour le reste, attends seulement que j'aie retrouvé mes forces !

Utta devint cramoisie et pouffa de rire. Elle regarda en direction de la plaine, où Barran était parti chasser en compagnie de plusieurs Arfalisses.

— C'est vrai que... que moi aussi j'ai pensé à... à ça, mais... Barran accepterait de te... partager avec moi ?

— Utta... Écoute-moi !

La jeune Arfalisse leva vers son amie un regard attentif.

— Il ne s'agit pas seulement de plaisir charnel. Avec tes frères et tes sœurs, nous formons l'ébauche d'un nouveau peuple, et la Montagne de Cristal nous a offert un monde. Nous ne retournerons plus jamais dans le passé. Rien de ce qui a été ne sera plus. Est-ce que tu me comprends ?

— Je... je ne suis pas sûre... Mais je te crois !

— Bien... Il est écrit, dans le Livre de Jaar...

Gahonne ferma les yeux et récita, inspirée :

— « ... et la femme aux cheveux couleur de flamme et la femme au visage peint seront couvertes par l'homme à la peau claire, et leurs fruits essaimeront de par le Nouveau Monde... » Peux-tu aller contre la prophétie ?

Utta cligna de l'œil.

— Espèce d'hypocrite ! glousse-t-elle. La prophétie, c'est toi qui la crées !

Gahonne rendit son sourire à son amie, quelque peu mystérieuse.

— Peut-on l'affirmer ? murmura-t-elle. Oui... En vérité, peut-on l'affirmer ?

Troublée, Utta baissa la tête.

— As-tu vraiment le désir... que je m'unisse à Barran ? N'es-tu pas jalouse ?

Gahonne caressa l'épaule nue de son amie.

— Utta chérie... Tu m'as fait connaître l'amour avec une femme. Tu es éprise de Barran. Je veux que tu connaisses l'amour avec un homme dans ses bras et dans nuls autres... Maintenant, réponds-moi avec sincérité : te déplairait-il tellement que nous devenions les deux épouses de Barran, que nous portions ses enfants, que nous lui donnions amour et plaisir et que nous recevions ce que lui-même nous donnera ?

Utta ne répondit pas tout de suite.

— Mais lui ? murmura-t-elle enfin. Est-ce qu'il m'aimera ?

Gahonne se pencha et embrassa Utta sur la joue.

— A certains regards qu'il te lance et que j'ai surpris lorsqu'il croyait que je ne voyais pas, je crois que tu auras vite la réponse à ta question !

De confusion, Utta se cacha le visage entre les mains. A cet instant, un appel retentit. Les deux femmes aperçurent la haute silhouette de Barran, qui revenait, en compagnie des autres chasseurs. Le jeune homme portait une antilope sur ses larges épaules. Il les salua de loin avec son arc. Oïchi poussa un cri de joie.

— Papa !

Il fila à la rencontre de son père. Utta passa un index rêveur sur ses lèvres.

— Je crois que je serai une bonne épouse, souffla-t-elle. En fait... je...

Elle passa ses bras autour du cou de Gahonne, la serra de toutes ses forces et cria, d'une voix où se mêlaient rires et pleurs :

— Je suis tellement heureuse, Gahonne ! Je veux... je veux qu'il m'épouse ce soir même ! Je n'en peux plus d'impatience !

Gahonne éclata de rire et embrassa tendrement sa compagne.

— Je suis impatiente aussi ! Mais, auparavant, je vais commencer à te dicter le Livre de Jaar...

1835.	*Le fouilleur d'âmes*	Michel Honaker
1836.	*Ce qu'il y avait derrière l'horizon*	Jean-Pierre Andrevon
1837.	*Nivôse (Étoiles Mortes - 1)*	Jean-Claude Dunyach
1838.	*Aigue-Marine (Étoiles Mortes - 2)*	Jean-Claude Dunyach
1839.	*Astronef Mercure (S.S.P.P.)*	Jean-Pierre Garen
1840.	*Les mondes furieux*	Albert Higon
1841.	*Chien bleu couronné*	Raymond Milesi
1842.	*Espion de l'étrange*	Karel Dekk
1843.	*D'un lieu lointain Soltrois*	Gilles Thomas
1844.	*Roche-Lalheue*	Hugues Douriaux
1845.	*Demain, une oasis*	Ayerdhal
1846.	*Albatroys* (Chroniques des Nouveaux Mondes)*	Jean-Marc Ligny
1847.	*Cette crédille qui nous ronge*	Roland C. Wagner
1848.	*Une si jolie prison (Au nom du Roi - 2)*	Manuel Essard
1849.	*Le Loupiot*	P.-J. Hérault
1850.	*L'ère du spatiopithèque*	Pierre Barbet
1851.	*Orages en terre de France*	Michel Pagel
1852.	*Albatroys** (Chroniques des Nouveaux Mondes)*	Jean-Marc Ligny
1853.	*L'ouragan des enfants dieux*	François Rahier
1854.	*La planète des Lykans (Service de Surveillance des Planètes Primitives)*	Jean-Pierre Garen
1855.	*La Chimère infernale*	Albert Higon
1856.	*Les colonne d'émeraude*	Jean-Pierre Fontana
1857.	*La jungle de pierre*	Gilles Thomas
1858.	*Voleurs de silence*	Jean-Claude Dunyach
1859.	*Malterre*	Hugues Douriaux
1860.	*L'énigme du Squalus*	Piet Legay
1861.	*Le monde blanc*	Laurent Genefort
1862.	*Le camp des inadaptés (Service de Surveillance des Planètes Primitives)*	Jean-Pierre Garen
1863.	*L'oreille absolue*	Michel Honaker
1864.	*Psychosphère*	G. Morris
1865.	*Le gymnase de l'ogre*	Marc Lemosquet
1866.	*La cité des Mille Plaisirs (L'anneau de feu de Gundhera - 1)*	Hugues Douriaux
1867.	*Le vaisseau-démon*	Albert Higon
1868.	*Le désert des cendres (Chroniques de la Lune Rouge - 5)*	Alain Paris et Jean-Pierre Fontana
1869.	*Le monolithe noir*	Bertrand Passegué
1870.	*La déesse de Cimbariah (L'anneau de feu de Gundhera - 2)*	Hugues Douriaux
	(Le chant du drille - 1)	Ayerdhal
1871.	*Le syndrome des baleines*	
1872.	*Elaï*	Laurent Genefort

1873.	*Métacentre*	Bertrand Passegué
1874.	*Le monstre de Palathor (L'anneau de feu de Gundhera - 3)*	Hugues Douriaux
1875.	*Le mystère Lyphine (Le chant du drille - 2)*	Ayerdhal
1876.	*Révélations interdites*	Piet Legay
1877.	*Horlemonde*	Gilles Thomas
1878.	*Le gouffre du volcan (L'anneau de feu de Gundhera - 4)*	Hugues Douriaux
1879.	*Les possédés du démon (S.S.P.P.)*	Jean-Pierre Garen
1880.	*Labyrinth-Jungle*	Oscar Valetti
1881.	*Les compagnons de la lune blême*	Roger Facon
1882.	*Rinocérox*	Serge Brussolo
1883.	*Recyclage (S.S.P.P.)*	Jean-Pierre Garen
1884.	*Les peaux épaisses*	Laurent Genefort
1885.	*Deltas*	Alain Le Bussy
1886.	*Cybione*	Ayerdhal
1887.	*La porte des serpents*	Gilles Thomas
1888.	*La mandragore*	Piet Legay
1889.	*Penta*	Dominique Brotot
1890.	*Hors normes*	P.-J. Hérault
1891.	*Saigneur de guerre*	Manuel Essard
1892.	*Plug-in*	Marc Lemosquet
1893.	*Les gardiennes d'espérance*	Pierre Debuys
1894.	*Capitaine suicide*	Serge Brussolo
1895.	*Mission secrète (S.S.P.P.)*	Jean-Pierre Garen
1896.	*L'ombre et le fléau*	Oscar Valetti
1897.	*Mascarad-City*	Lucas Gorka
1898.	*Aqua*	Jean-Marc Ligny
1899.	*Symphonie-pastorale*	Hugues Douriaux
1900.	*Le huitième cristal du docteur Mygale*	Max Anthony
1901.	*Awacs*	Alain Paris
1902.	*Les fruits sataniques*	Alain Billy
1903.	*Magie sombre*	Gilles Thomas
1904.	*La falaise*	Th. Cryde
1905.	*Le temps et l'espace (S.S.P.P.)*	Jean-Pierre Garen
1906.	*Abîmes*	Serge Brussolo
1907.	*Les guerriers de glace*	Hugues Douriaux
1908.	*Tremblemer*	Alain Lebussy
1909.	*Rézo*	Laurent Genefort
1910.	*Boulevard des miroirs fantômes*	Max Anthony
1911.	*Le visage derrière la nuit*	Maurice Périsset
1912.	*Roll over, Amundsen*	Jean-Claude Dunyach
1913.	*Chair inconnue*	Oscar Valetti
1914.	*Rawalpurgis*	Piet Legay
1915.	*Achéron*	Alain Paris
1916.	*Les moines noirs (S.S.P.P.)*	Jean-Pierre Garen
1917.	*La forteresse pourpre*	Manuel Essard

1918. *Crache-béton* Serge Brussolo
1922. *Arago* Laurent Genefort
1923. *Les sortilèges de Maïn* Hugues Douriaux
1924. *Les mangeurs de viande (S.S.P.P.)* Jean-Pierre Garen
1925. *L'autoroute sauvage* Gilles Thomas
1926. *De l'autre côté du mur des ténèbres* Serge Brussolo
1927. *Le sang des mondes* Jean-Pierre Vernay
1928. *Cobaye* Mars Lemosquet
1929. *Les yeux de la terre folle* Thierry Pastor
1930. *Neurovision* Dominique Brotot
1931. *Envercœur* Alain Le Bussy
1932. *Haute Enclave* Laurent Gonefort
1933. *Cyberkiller* Jean-Marc Ligny
1934. *La flûte de verre froid* Gilles Thomas
1935. *Polytan* Ayerdhal
1936. *Les mines de Sarkal (S.S.P.P.)* Jean-Pierre Garen
1937. *Warrior* Hugues Douriaux
1938. *Les sentinelles d'Almoha* Serge Brussolo
1939. *Garmalia* Alain Le Bussy
1940. *Le voleur d'organes*
1941. *Les portes sans retour* Gilles Thomas
1942. *Pour des soleils froids* Jean-Louis Trudel, Dominique Brotot
1943. *Le peintre des orages* Alain Billy
1944. *Les chasseurs de rêve* Laurent Genefort
1945. *La porte de flamme* Hugues Douriaux
1946. *Nickel le petit* C. Kaufman
1947. *Les adorateurs de Kaal (S.S.P.P.)* J.-P. Garen
1948. *Quête impériale* Alain le Bussy
1949. *Jalin Ka* C. Kaufman
1950. *Shaan !* Piet Legay
1951. *L'araignée de verre (S.S.P.P.)* Jean-Pierre Garen
1952. *Parasol 27* Alain Billy
1953. *La route des soleils* Wildy Petoud
1954. *La troisième lune* Laurent Genefort
1955. *Le ressuscité de l'Atlantide* Jean-Louis Trudel
1956. *York de l'Ile* Alain Le Bussy
1957. *Le dernier des Aramandars* Hugues Douriaux
1958. *Rork des plaines* Alain le Bussy
1959. *Une planète pour Coppani* Hugo Van Gaert
1960. *Hou des machines* Alain le Bussy
1961. *Le labyrinthe de chair* Laurent Genefort
1962. *Profession : cadavre* Serge Brussolo
1963. *La guerre des cercles* Jean-Claude Dunyach
1964. *Theophano 960* Pierre Stolze
1965. *Soleil fou* Alain le Bussy

Cet ouvrage a été composé par EURONUMÉRIQUE
à 92120 Montrouge, France,
et achevé d'imprimer en juin 1995
sur les presses de Cox & Wyman Ltd.
à Reading (Berkshire)

FLEUVE NOIR – 12, avenue d'Italie
75627 PARIS – CEDEX 13.

Dépôt légal : juin 1995
Imprimé en Angleterre